▲
卢树盈
著

箭塔村故事集

JIANTA CUN GUSHIJI

图书在版编目（CIP）数据

箭塔村故事集/卢树盈著． — 青岛：中国海洋大学出版社，2023.3
ISBN 978-7-5670-3384-9

Ⅰ.①箭… Ⅱ.①卢… Ⅲ.①故事-作品集-中国-当代 Ⅳ.①I247.8

中国版本图书馆 CIP 数据核字（2022）第 249187 号

JIANTA CUN GUSHIJI
箭塔村故事集

出版发行	中国海洋大学出版社
社　　址	青岛市香港东路 23 号
邮政编码	266071
出 版 人	刘文菁
网　　址	http：//pub.ouc.edu.cn
电子信箱	1922305382@qq.com
订购电话	0532-82032573（传真）
责任编辑	曾科文　陈　琦　　电　话　0898-31563611
印　　制	北京建宏印刷有限公司
版　　次	2023 年 3 月第 1 版
印　　次	2023 年 3 月第 1 次印刷
成品尺寸	145 mm × 210 mm
印　　张	7.25
字　　数	187 千
印　　数	1—1500
定　　价	59.80 元

如发现印装质量问题，请致电 13391562765 调换。

目 录

一 箭塔村传奇

"蛮塔子"的传说 …………………………………… 03
比丑招亲 …………………………………………… 07
叶儿粑传奇 ………………………………………… 14
瞒天过海 …………………………………………… 19
泥砖房的来历 ……………………………………… 27
龙爪堰的传说 ……………………………………… 31
箭塔的来历 ………………………………………… 35
一代高僧解冤仇 …………………………………… 40
寸草不生 …………………………………………… 44
何水碾之恋 ………………………………………… 49

二 扶贫攻坚

送你一把草 …………………………………… 57
富贵树 ………………………………………… 62
冲毁的铁桥 …………………………………… 67
蝴蝶绳 ………………………………………… 72
匠人心 ………………………………………… 78
猫太郎和少东家 ……………………………… 82
给寡妇扶贫 …………………………………… 87
千家锁 ………………………………………… 90

三 青春励志

名贵相机 ……………………………………… 97
生命的力量 …………………………………… 101

四 家长里短

特别的赌局 …………………………………… 107
和梦中情人做邻居 …………………………… 111
送　彩 ………………………………………… 117
沉重的代价 …………………………………… 122

女儿早恋了……………………………………… 127

默默守候…………………………………………… 130

被盗的二维码……………………………………… 132

爷爷的善心………………………………………… 137

烂田里挖出弥勒佛………………………………… 141

五　开心一刻

推销心理学………………………………………… 149

免费品尝…………………………………………… 151

百米冲刺…………………………………………… 153

谁当低保户………………………………………… 155

六　情感世界

老人与狗…………………………………………… 159

山寨疑云…………………………………………… 164

仇将恩报…………………………………………… 169

谁在演戏…………………………………………… 175

草原上的婚礼……………………………………… 181

幸福赌局…………………………………………… 184

醉　茶……………………………………………… 189

七 月下讲古

纳西情仇……………………………………… 197

聪明的阿益西……………………………… 201

藕塘村的传说……………………………… 206

兄弟卖砚台………………………………… 210

心连心……………………………………… 215

浪荡子与老鹰茶…………………………… 220

一 箭塔村传奇

"蛮塔子"的传说

我家住在临溪河边，在离我家不远的地方，有一个叫"蛮塔子"的地方，我和小伙伴经常去那里玩。有一天，我问奶奶："这为什么叫'蛮塔子'呢？"奶奶就笑呵呵地讲起了"蛮塔子"的传说。

那是唐太宗年间，临溪河边有一家茶作坊，专门制作茶叶。茶掌柜姓郭，八岁开始做茶，有一道独门手艺，能做几十种好茶。

郭掌柜从小就喝茶，茶瘾越来越大。那些嫩茶，根本满足不了他的茶瘾。于是他就把老茶砍下，放在大锅里蒸熟，去掉梗，把茶叶慢慢揉捻，烘干。这种老茶叶味道极浓，买的人很少，郭掌柜就自己食用。

有一天，茶作坊里来了一个吐蕃人，他的脸上有一道深深的伤疤，腰间还别着一把长刀。郭掌柜心里"咯噔"一下，都说吐蕃人凶残，是杀人不眨眼的魔王。今天这凶神上门，肯定没好事。

吐蕃人看郭掌柜傻傻站着，便把腰间长刀取下，重重地放在桌上道："把你最好的茶给我端出来。"

郭掌柜吓坏了，对小伙计一挥手说："把我最好的飘芽拿出来。"

不一会儿工夫，小伙计就拿出红砂壶，给吐蕃人泡了一杯茶。只见每片芽茶都倒立在水中，茶水清幽，发出一阵淡香。吐蕃人二话不说，端起红砂杯就一饮而尽，直呼："还有没有好茶？"

郭掌柜心虚，这飘芽已经是最好的茶了，他还不满意，只能退而求其次了，便对小伙计说："把毛峰拿出来。"

又一会儿工夫，小伙计端出一杯毛峰茶，只见汤色淡绿，每片茶叶都是一芽一心，安静地躺在红砂杯里。吐蕃人端起红砂杯，一饮而尽，有点失望地说："还有没有好茶？"

郭掌柜的脸上冷汗直流，让小伙计轮番端出几十道好茶，可吐蕃人吃了都不满意："都说你郭家茶出名，看来也不过如此，害我跑了这么远的路，你要赔我的损失。"

郭掌柜为了破财消灾，让管家端出五十两银子来。吐蕃人好像受到了羞辱，把银子打翻在地，掏出几锭黄金说："我不缺钱。"郭掌柜心虚了，吐蕃人既然不爱钱，难道他是为了女儿而来？

这郭掌柜三代单传，到了他这儿就只生下一个女儿，是郭掌柜的心头肉。如今女儿年芳二八，长得如花似玉，郭掌柜舍不得把她许配人家，还待字闺中。要是把女儿嫁给吐蕃人，那简直就是要郭掌柜的命。可凶神恶煞的吐蕃人，抓起长刀，满脸怒气地盯着郭掌柜。

为了稳住心态，郭掌柜不慌不忙地端起茶杯，轻轻地抿了一口。吐蕃人看到茶汤碧绿，二话不说，夺过郭掌柜的茶杯，一饮而尽，然后痛快淋漓地大喊："好茶，好茶。我向你预定五十担，一个月以后来拉。"

郭掌柜傻眼了，吐蕃人丢下几锭黄金："价钱你来定，但不能误了我的时间。"

吐蕃人说完，跳上马就走。郭掌柜摸着温热的黄金，总感觉这是一场梦。

为了赶工期，郭掌柜马上收老茶。此时是秋季，很多茶农都要修剪茶树。以前剪下的茶枝当柴火，如今有人收购，茶农们自然十分高兴。没过多久，郭掌柜就收到了很多老茶。

郭掌柜架起几口大锅蒸茶，等茶叶都蒸完了，才发现坏事了，前面的茶叶堆在一起，已经发黑了。如果再去收茶，那肯定赶不上时间了。而且这些茶叶还要再进行揉制，不知道得请多少伙计。于是郭掌柜干脆不捻茶了，直接晾晒，再用木炭火烘干。

这五十担茶叶真不是小数目,就算郭掌柜偷工减料,全作坊的人还是不分白天黑夜地忙活了一个月,才把这些茶叶制作出来。

吐蕃人如约而至,他看到五十担茶摆放在院子里,十分高兴,便对郭掌柜竖起大拇指:"给我泡一杯好茶。"郭掌柜马上拿出自己的老茶,亲手给吐蕃人泡制。

吐蕃人端着茶杯,却不急着喝,他指着其中的一担茶说:"我要尝尝这个的味道。"郭掌柜暗叫不好,他本想蒙混过关,没想到吐蕃人很精明,只能硬着头皮泡茶。

两杯茶一对比,吐蕃人的脸色大变。只见郭掌柜的老茶汤色依然碧绿,可这次制作的茶却是红色。吐蕃人拔出长刀:"你在里面加了什么?是不是毒药?"

郭掌柜摇头,端起茶杯,一饮而尽:"没毒,没毒,你看我都在喝。"吐蕃人半信半疑,郭掌柜在茶杯里加了水。吐蕃人端起茶杯,一口气喝完,激动地说:"好茶,我军将士就需要这等好茶。"

郭掌柜呆了,吐蕃人问:"多少银子?"郭掌柜伸出三根手指,吐蕃人丢下三千两银子,拉着五十担茶就走了。郭掌柜惊喜不已,他本来想说的是三百两,没想到赚了这么多钱。

后来,吐蕃人经常来买茶。郭掌柜才知道他是吐蕃的茶使,专门为吐蕃军士采购茶叶。这都是因为文成公主把茶叶带到吐蕃后,军士们吃了身强体壮,还很少生病。松赞干布就让他来蜀地买茶,他去了很多茶作坊,茶味都淡。因此慕名找到了郭掌柜,得到了好茶。

郭掌柜暗喜,听说吐蕃寒冷,缺乏蔬菜,有人就把茶叶放在嘴里嚼,所以茶使以为味道越浓的茶就越好。没想到自己的一个嗜好,竟带来了巨大的财富。

可有人知道郭掌柜的秘密后,就大量制作老茶,还拉拢茶使。为了稳住财源,郭掌柜拿出杀手锏,直接把女儿嫁给了茶使,让他做了自己的上门女婿。

你别看这茶使一脸凶相，为人却很心细，对郭家女儿疼爱有加，夫妻恩爱，生了六个儿子。郭掌柜也因此成了临溪河边最有钱的人。

可茶使长期在蜀地，经常思念家乡，他好几次提出，要带着妻儿回吐蕃。郭掌柜害怕女儿和孙子一去不回，没人给自己养老送终，于是就花巨资，在临溪河边修建了一座吐蕃石塔。石塔全部用火砖建造，每块砖的下面，都压了四个铜钱。

在吐蕃塔下，郭掌柜还修建了几十间和吐蕃一样的房屋。在离吐蕃塔几百米的地方，还修建了一座吐蕃寺庙。

茶使感觉就像到了吐蕃一样，可以在寺庙里跪拜，还又可以爬上高高的吐蕃塔，为死去的亲人祭祀。

从此，茶使没再说过要带妻儿回吐蕃，郭掌柜也幸福地过完了他极其富有的一生。

如今，历经千年，昔日的吐蕃房屋早已消失。只剩下一座被后人称为"蛮塔子"的箭塔，耸立在临溪河边。

我听奶奶讲完就笑了，从口袋里摸出几个铜钱，这是我和小伙伴们在"蛮塔子"下玩耍的时候，在砖下面掏出来的。

如今，奶奶早已不在，但"蛮塔子"经历了两次地震，还安然地站在临溪河边，讲述着郭家人曾经的辉煌。

比丑招亲

最丑的人

康熙年间,黄山庄有一大户人家,主人名叫黄世文,育有六子,住在一套三进三出的四合院里。黄家常年经商,家中富有,让人眼红。

几年前,老峨山的山贼把黄家小公子黄元曦掳走了。那时候黄元曦只有十三岁,长得眉清目秀。他喜欢诗书,八岁就能作词作赋。黄世文本指望黄元曦能考取功名,光宗耀祖,哪曾想山贼把黄元曦掳走了,这简直是割了黄世文的心头肉。于是黄世文赶快让管家给山贼送赎金。

黄元曦被管家赎回了,脸上都是鲜血。管家泣不成声:"山贼惨绝人寰,竟然让小公子咬着爆竹点燃,他的这张俊脸就变得面目全非了……"

黄世文请了最好的郎中,黄元曦才捡回一条命来,可他的左脸上都是伤疤,变得比鬼还难看。从此,黄元曦每天都把自己关在书房里,从不出门见人。黄世文愤怒不已,找了武林高手,花了很多银子,荡平了老峨山,为黄元曦报了仇。

如今,黄元曦已经成年,该娶妻生子了。可就他的丑样,哪有姑娘愿意嫁给他?黄世文心里急,找了无数媒婆,可她们看到黄元曦的脸就摇头:"就算我们把姑娘骗进洞房,新娘也会被吓死的……"

这也不是媒婆夸张,黄元曦曾经拿起铜镜,看过自己的脸。半边鼻子被爆竹炸没了,左边的嘴唇也没了,一个大洞直接连着脸。半边嘴里没有牙,空洞得让人害怕。左眼也瞎了,额头上还有伤疤。右脸还算完整,从侧面看,还是一个俊美公子。

这一日，黄元曦还是关在书房里看书。黄世文突然闯了进来，手里拿着一张告示，激动地说："曦儿，有好事了。"黄元曦接过告示就傻眼了，上面写着："比丑招亲，林家有女，芳名巧儿，聪明能干，贤惠淑良。如果你长得足够丑陋，请来参加招亲大会。如被小女看中，马上完婚，入赘林家。"

"曦儿，我听说林巧儿是林家独女，五官端正，是一个能干的姑娘，掌管林水碾。虽然她是小户人家，但就你这模样入赘她家，也算赚了。到时候我多给你们点银子，你们就会衣食无忧……"黄世文相信全天下没有比黄元曦更丑陋的人，仿佛这林巧儿就是他家儿媳妇了。

"爹，哪有这样的好事，肯定是一个陷阱。"

"肯定不是陷阱，我找人打听过林老爹，大家都说他是一个忠厚老实的人。"

"既然林巧儿这么好，她为什么要找一个丑陋的人为夫？"

"可能是林巧儿十一岁那年被山贼掳走，一个月后才被送回家，大家觉得她不干净，才比丑招亲……"

黄世文的理由很牵强，但是黄元曦对这个比丑招亲产生了浓厚的兴趣，他想去一探究竟。

比丑招亲

七月初七是林家比丑招亲的日子，这比丑台就搭在林水碾边。很多奇丑无比的人，从四面八方涌来，都想入赘林家。黄元曦也在其中，只不过他穿着长衫，戴着面具。

日上三竿，林巧儿穿着大红嫁衣，站在了比丑台上。这林巧儿柳眉杏眼，身材窈窕，引得台下的人大声尖叫。

林老爹站出来说："我家靠近临溪河，水源丰富，我就靠水吃水，修了这林水碾。我只有巧儿一女，就想招婿养老。如果你们不嫌弃我家穷，就请入赘我家，下面我就来宣布规则。

比丑第一条，你们都站到台上来，由巧儿选出三人，进行下一轮比赛……"

丑陋的人，都挤上比丑台。黄元曦站在看热闹的人群中，纹丝不动。林巧儿缓缓走过，看着一张张丑陋的面容，露出了温和的笑容。

林巧儿选出的第一个男子，嘴唇奇大，已经歪到了左边脸上，看起来很丑陋。这时后边的男子激动起来，都往前涌。林巧儿仔细寻找，选出一个左眼瞎了，脸上还有一道伤疤的男子。林巧儿继续寻找，脸上露出失望的表情，和林老爹低声说话。林老爹大声问："还有没有更丑陋的人，请站上台来。"

"还有。"黄世文站了出来，指着黄元曦说。

"请这位公子上台，摘下面具。"

黄元曦心中胆怯，不停地往后退。可黄世文和管家早有防备，不让黄元曦逃跑，还把他推上了台。黄元曦站在台上，用手紧紧地按住面具。

林巧儿走了过来，面带微笑地说："公子，不要害怕，请摘下面具。"黄元曦感觉一股暖流直入心间，也不知道哪儿来的勇气，就摘下了面具，台下的人惊叫："实在太丑了。"

林巧儿却不害怕，她温柔地说："你就是我选的第三个人，其余的人请退下台去。"

那些不够丑陋的人都在叹气，并心服口服地退到台下。林老爹拿着三个豆荚，递给三个人说："现在是比丑招亲第二项，你们说这豆荚是拿来干什么的？请示范。"

歪嘴男子拿起豆荚看了看，然后剥了一颗豆荚放进嘴里。左眼瞎的男子拿起豆荚，看了又看，却没有行动。黄元曦拿起豆荚，认出是吹哨豆，他小时候最喜欢玩的。于是他就熟练地掐掉豆荚的尾部，把里面的豆倒了出来，放进嘴里。可他的嘴里没有牙，怎么也吹不响。

左眼瞎的男子一直偷看着黄元曦，还学着黄元曦，把吹哨豆放进嘴里，发出了"呜呜呜"的声音。歪嘴男子这下明白了，原来吹哨豆不是吃的，于是赶快把豆荚合上，放进嘴里，可怎么都吹不响。

林老爹站了出来，端着三条桃花鱼说："现在是比丑招亲第三项，请你们用自己的方法，把三条鱼做熟。"

三个人拿起桃花鱼，跟着林老爹来到河边，这里除了石头，还有干树枝。歪嘴男子用石头砌了一个三角灶，找来一个土罐洗净，把鱼放在里面。不一会儿，罐子里就发出一阵香味来。

左眼瞎的男子站着不动，仿佛在思考。黄元曦捡来干树枝，燃起一堆大火。左眼瞎的男子这才开始行动，他把鱼串在一根竹竿上，直接放到黄元曦点燃的火上烤。

黄元曦看到河边有棵橘子树，便摘下几片橘子叶洗干净，包裹着鱼，放进大火里。

歪嘴男子的鱼最先做好，他端着土罐走到林巧儿的身边，激动地说："请林姑娘品尝一下。"林巧儿尝了一下鱼汤，忍不住赞叹："鲜美无比。"歪嘴男子幸福地笑了，仿佛自己胜券在握。

左眼瞎的男子也不服输，他拿着烤得金黄的桃花鱼过来，递给林巧儿。林巧儿轻轻地咬了一小口，慢慢品味："外焦里嫩，满口余香。"左眼瞎的男子笑了，还挑衅地看着歪嘴男子。

黄元曦的鱼也熟了，他用两根树枝把鱼夹起来，递给了林巧儿。林巧儿迫不及待地去剥橘子叶，手上还被烫起了一个水泡。黄元曦心疼地拉着她的手吹了一下说："吃橘子鱼不能心急，要等叶子凉了才能剥开。"

林巧儿笑了，她慢慢地吹着鱼，放进嘴里，闭上眼睛，陶醉地说："鱼肉细腻，有橘子叶的清香，真是一道美味。"

送入洞房

比丑招亲三项考验结束后，林巧儿和林老爹耳语了很久，大家都屏住呼吸，等待最后的结果。只见林老爹不慌不忙地走上台，摸着胡须，高兴地说："小女已经选出贤婿，如果大家不嫌弃我家寒酸，就请喝了喜酒再走。"

台下的人都起哄道："林老爹，你别卖关子了，林姑娘到底选谁做夫婿？"

歪嘴男子和左眼瞎的男子激动起来，黄元曦却一脸冷静。林老爹走到三人面前，拉着黄元曦的手说："他就是我的贤婿。"

黄元曦傻了，他感觉幸福来得太突然了，晕晕乎乎地就被穿上了大红喜衣，和林巧儿拜了堂，还被送入了洞房。

外面的人大声划拳喝酒，洞房里的黄元曦却手足无措。林巧儿穿着大红嫁衣，盖着红盖头，端坐在床上。喝酒的人散了，外面寂静无声。黄元曦站得双脚发麻，却还是没有勇气去揭新娘的红盖头。

"相公，夜深了，该歇息了。"

"林姑娘，我这么丑，你不害怕吗？"

"我不害怕，如果不是为了救我，你就不会变成这副模样。"

"你是谁？"

"我是丫头，你忘记我了吗？你在老峨山救了我……"

往事在脑中浮现，黄元曦又想起了那个血腥的画面。那天，他跑到河里捉鱼，被山贼掳走，五花大绑地关在一间黑暗的小屋子里。黄元曦吓坏了，大声哭泣。此时，黑暗中传来一个小姑娘的声音："大哥哥，你别哭。只要你家里人拿钱来，他们就会放你出去。"

黄元曦吓坏了。他睁大了眼睛，可还是看不清黑暗中的人，于是惊恐地问："你是人还是鬼？"

"我是人，他们都叫我丫头。我被山贼掳来一个月了，可我爹还没有凑够赎金，我就一直被关在这里。"

"除了交赎金，就没有别的办法出去吗？"

"我已经挖了一个小洞，能爬出去，你敢不敢和我一起逃跑？"

就这样，黄元曦被这个小姑娘解开绳子，两人从小洞里钻了出去。他们沿着小溪往下跑，天亮的时候，才到了山腰。两人饿坏了，坐在地上喘气。黄元曦看到小溪里有鱼，就跳了下去，捉到了两条鱼。

黄元曦燃起一堆大火，随手摘了几片橘子叶包裹着鱼，放进火里。小姑娘在草丛里摘了几个豆荚，也要放进火里。黄元曦笑了："丫头，这是吹哨豆，我吹给你听。"

黄元曦掐掉吹哨豆的尾部，放进嘴里，发出悠扬的声音，小姑娘不害怕了。过了一会儿，鱼烤熟了，小姑娘拿起一条刚烧好的鱼，手上就被烫起了一个水泡。黄元曦心疼地拉着她的手吹了一下："吃橘子鱼不能心急，要等叶子凉了才能剥开。"

两人吃完鱼，有了精神，往山下走去。结果几个山贼突然出现，抓住了他们。大当家拿着长烟杆，敲着黄元曦的脑袋说："你们两个小鬼竟然敢逃跑，我打断你们的腿。"小姑娘勇敢地站了出来："是我带着大哥哥逃跑的，不关他的事。"

"哟，你这小姑娘还很勇敢。你可知道我们是怎么惩罚逃跑的人的？"

小姑娘摇头，大当家哈哈大笑："我要在你的嘴里点燃爆竹，毁了你的小脸。"小姑娘吓得瑟瑟发抖："我再也不敢逃跑了。"

"已经迟了。这是山规，不能破坏。"

黄元曦急了："是我带着丫头逃跑的，你就惩罚我吧！"

山贼把两人五花大绑，带到山洞，这里是他们的老窝。大当家拿出一个爆竹，塞进黄元曦的左腮帮子里，只留引线在外面："你现在反悔还来得及，是不是丫头带着你逃跑的？"

黄元曦摇头，几个大汉按住他，有人点燃了爆竹，等到引线快要燃尽，他们迅速跑开。只听"砰"的一声巨响，黄元曦的脸上一阵剧痛，晕了过去。小姑娘被塞住嘴，绑在柱子上。她不停地挣扎，眼泪滚滚而下。

这时一个山贼跑进来说："黄家和林家都送来赎金了。"大当家敲着长烟杆，面无表情地说："让他们把这两个小鬼带走。"

两人从回忆中回过神来，林巧儿揭开盖头，泪流满面："这些年我和爹爹一直都在寻找你的下落，想要报恩，可我们就是找不到你。我怀疑你已经毁容，就想到了比丑招亲，没想到老天开眼，我终于找到你了……"

黄元曦往后退："我这么丑，根本配不上你。"

"不，你在我的心里一直都很美，你有金子一般的心。我对爹爹说过，如果你今天不来，肯定是你已经成亲了，那我就出家，为你祈福……"

看着林巧儿温柔的目光，黄元曦不再退缩，他迎了上去，两人眼中都眨着泪花，紧紧地拥抱在一起。后来，林巧儿和黄元曦生下一双儿女。他们守着林水碾，幸福地过完了一生。

如果你不相信，那请你去林水碾。那沉重的石磨声会告诉你，这就是爱情！

叶儿耙传奇

唐玄宗年间,临溪河畔有一大宅院。主人名叫蔡诚远,他带着儿子,把生意做到了京城。到了过年的时候,蔡诚远父子带着赚来的银子准备回家,可在长毛山遇到了山贼,父子二人命丧黄泉。

过路的老乡,看他们暴尸荒野,就用草席裹尸,把父子二人带回了临溪河。家中突然遭此大难,蔡夫人哭天抢地,却换不来亲人回转。

自从噩耗传来,蔡家上下阴云笼罩。品行好的下人,拿到月银就辞别。品行不好的下人,偷了贵重物品就逃离。真是树倒猢狲散,以前热热闹闹的蔡家,转眼间就冷冷清清,只剩下婆媳和三个孩子。

少奶奶青韵,整天以泪洗面,可看到年幼的孩子们还要抚育,只能强打精神,支撑起这个家。

蔡夫人不吃不喝,除了傻坐,就是傻笑,然后号啕大哭:"报仇,我要报仇。是谁杀了我的亲人,我要把他们千刀万剐……"

青韵每天都去官府询问,可官府说是流窜的山贼作案,找不到一点线索。蔡夫人更加悲痛,还是不吃不喝,最终把好端端的身体拖垮,病恹恹地躺在床上。

青韵心急如焚,请来郎中给蔡夫人看病。可郎中开了很多药,还是不见效。

郎中摇头:"心病还须心药医,要是能抓到凶手,告慰亡者的在天之灵,或许夫人才能解开心结好起来。"

青韵是大家闺秀,长得文静秀气,是大门不出二门不迈的弱女子。她除了一手好厨艺,没有一点功夫,怎么能为亲人报仇?

可为了让婆婆的病好,青韵跪在蔡夫人的脚下说:"娘,我一定要为爹爹和相公报仇。"

"你手无缚鸡之力,怎么斗得过山贼?"

"娘,我虽然没有武功,但是我想凭自己的好厨艺开一家酒楼。那些山贼都是好吃之徒,肯定会慕名而来。"

"就算山贼来了,你也斗不过他们,还会白白丢了性命。"

"我可以稳住他们,让伙计去报案,让官府的人捉拿他们。"

蔡夫人看青韵心意已决,一心为亲人报仇,就强打起精神来:"青儿,我想吃鱼。"

家中无鱼,青韵去了小白崖,向渔夫买了几条鲫鱼,回家熬成了汤。蔡夫人吃了一口鱼肉,鱼刺就卡在喉咙里,咳得满脸通红。

青韵赶紧去厨房,用慢火做了一锅红烧肉。可蔡夫人刚咬了一点,就不停地呕吐:"太油腻,我实在吃不下。"

青韵给蔡夫人做了很多美食,她都食之无味。青韵发愁,三个孩子却玩得很欢。有一个孩子扯下一片柑橘叶,抓了点沙子放在里面,兴高采烈地说:"这是米。"

另一个孩子捉了一只虫子放在里面说:"这是肉。"他们把橘子叶裹紧,就当是美食,假装吃了起来。

青韵受到启发,她摘下柑橘叶洗干净,把猪肉剁成肉末,炒香,用还没吃完的糯米面团,包裹着肉末,做成圆球,用柑橘叶包好,放在锅里大火蒸制。

不一会儿工夫,屋里就飘出柑橘叶的清香,孩子们都围了过来。圆球蒸熟后,青韵立刻给蔡夫人端去。蔡夫人一口气吃了三个,赞不绝口:"这是什么东西,真好吃!"

青韵想了想说:"这是我独创的,就叫叶儿粑吧。只要娘喜欢,我天天做给你吃。"

蔡夫人的眼泪往下落:"有你这样孝顺的儿媳妇,是我的福气,我一定要好起来。"

在青韵的细心照顾下,蔡夫人的身体慢慢恢复,能在家照顾孩子们。青韵就在甘溪铺盘下一家聚福楼,亲自下厨,做出了很多美味。远方的食客慕名而来,必点聚福楼的叶儿粑。

聚福楼开了十年,成了知名老店,但官府还是没有捉到杀害蔡家父子的山贼。蔡夫人的身子骨一天不如一天,她在青韵面前感叹:"那些杀人凶手没找到,我死不瞑目。"

青韵安慰蔡夫人:"只要我没死,就能找到那些山贼,为夫君和爹爹报仇。"

有一天,聚福楼来了十几个风尘仆仆的客人。他们骑着高头大马,穿着黑衣,腰上悬挂着长刀,一副凶神恶煞的样子。青韵提心吊胆地把他们安排到雅间,为首的黑脸汉子把长刀放在桌上道:"把你们聚福楼的叶儿粑给我来五十个,再去弄点好酒好菜。"

黑脸汉子说话的工夫,青韵就看到他的腰上别着一个玉佩,上面是一对鸳鸯。这个玉佩是青韵和夫君的定情之物,夫君从不离身。如今别在黑脸汉子的腰间,难道他是杀人凶手?

"你这娘们,不去做菜,看我的玉佩干什么?"

"大爷,你这玉佩太精致了,配上你豪爽的性子,多了几分雅气,让小女子多看了几眼。"

"哈哈,小娘子真会说话。实话告诉你,这玉佩不是我的。"

"大爷花了多少银子买的?"

黑脸汉子竖起大拇指,露出一个翡翠扳指:"大爷我从来不会花钱买东西。你看我这扳指怎么样?是不是很富贵?"

青韵定睛一看,这个翡翠扳指是公公的心爱之物,就强压住心里的激动,赞美起来:"这样的扳指配大爷,就如骏马配英雄,不但富贵,还豪气冲天……"

青韵的马屁拍得黑脸汉子很高兴:"大爷饿了,把你们最好的酒菜拿出来。"

回到厨房，青韵的心怦怦乱跳，她让伙计去县衙报案。可伙计出去很久，还没回来。黑脸汉子在雅间里大叫："伙计，你们的叶儿粑这么还不端上来？"

青韵赶快去了雅间："大爷，叶儿粑现做才好吃，我正在剁猪肉。"

"哈哈，这么美的小娘子还亲自下厨，不如跟我回山做压寨夫人，免得受苦受累。"

"大爷，你高大俊朗，小女子怎么配得上你？"

"小娘子，你的嘴真甜。快去做叶儿粑，我们吃完还要赶路。"

青韵去了厨房，一边做着叶儿粑，一边想着怎么样才能手刃仇人？除了下毒，她没别的办法。可厨房没有毒药，这可怎么办？

就在青韵心急如焚的时候，渔夫又来送鱼了，他骂骂咧咧地说："今天运气不好，竟然捉到一条肺鱼。可我的败家娘们，竟然让我拿回去毒老鼠。"

肺鱼长得圆鼓鼓的，鱼肉鲜美，可肝脏和眼睛有剧毒。渔夫只要捉到肺鱼，就会扔了，他怕毒死人，负不起责。青韵大喜，她摸出碎银，递给渔夫说："我家里老鼠多，这条肺鱼就给我吧。"

渔夫拿到银子，喜滋滋地走了。青韵把肺鱼的肝脏和眼睛挖出来，和猪肉一起剁碎，做成叶儿粑端上桌。黑脸汉子尝了一口，赞不绝口，其余的汉子都大快朵颐起来。青韵害怕他们逃掉，就一直守在雅间，为他们倒酒。

不一会儿工夫，黑脸汉子就捂住肚子大叫："你这娘们，我和你无冤无仇，你怎么在饭菜里给我下毒？"

"十年前，你们在长毛山，杀了两个客商，抛尸荒野，你还记得不？"

"我杀人无数，怎么会记得？"

"你腰间的玉佩是我夫君的，你手上的扳指是我爹爹的。"

"这玉佩的主人就是傻，我说只要财，不要命。可他就是抱着这个玉佩不放，说是他的定情之物，我一怒之下就杀了那对父子。"

黑脸汉子忍住剧痛，把长刀架在青韵的脖子上："你这娘们，快点给我拿解药出来，不然我杀了你。"

青韵闭上眼睛，一脸坦然："夫君，爹爹，我马上就能为你们报仇了。"

黑脸汉子目露凶光："那我就成全你，让你去黄泉路上找他们。"

这时，窗外突然射进一支冷箭，穿透了黑脸汉子的手，他的长刀瞬间落在地上。伙计带着官兵进来，把山贼全部捉住。

这伙山贼怎么也想不到，他们杀人无数，却栽倒在一个小女子的手中。但是善有善报，恶有恶报，作恶多端必自毙。

临溪河畔的这个孝顺儿媳斗山贼的故事，就这样一代一代地传下来。每到佳节，人们都做叶儿粑，把孝、善的美德传下去。

瞒天过海

战国时期，秦国灭掉六国后，赵国的冶铁矿主卓不凡，被迫迁往蜀地临溪河边。

冶铁作坊前有一座佛塔，左有临溪河，右有仰天窝。说起仰天窝，它可是有名的陨石坑。因为陨石坑巨大，方圆百丈，所以当地人叫它"百丈穴"。

为了选建冶铁作坊的位置，卓不凡走遍蜀地，最后选中了这个地方。因为临溪河川流不息，能够保证矿厂用水。百丈穴内有取之不尽的陨铁资源，不用愁原料供给。最为重要的是，冶铁矿前还有一座高高的佛塔，能够福佑冶铁作坊众生。

为了给冶铁作坊取名，卓不凡花了很多心思，最后取名为溪铁。这名字不但响亮，更有深意。卓不凡希望溪铁如奔腾的河水，流往千家万户，成为他们手中不可或缺的农具。

在炼铁方面，卓不凡有着家族传承，冶铁技术炉火纯青，所炼的铁做成各种农具，远销西域各国。

但是卓家人丁不旺，卓不凡只育有一女。虽然知书达礼，貌若天仙，但也是卓不凡心中最大的遗憾，因为女儿无法继承他庞大的家业。

有一天，溪铁来了一个红衣术士，他年过花甲，却走路如风。他一进炼铁作坊，就嚷嚷起来："把你们的坊主叫出来，我有一笔大买卖要和他谈。"

红衣术士的声音听起来不大，却传了很远，一看就是练家子。卓不凡被红衣术士的声音惊动，走了出来："请问你要做什么农具？"

"我不做农具，我要做一把削铁如泥的宝剑。如果你做的宝剑能够让我南宫范满意，那我就订做一百把。"

"请问你做这么多宝剑干什么?"

南宫范摸出两锭银子,放在桌上:"我是受某国大王所托,来定制宝剑。价钱你来定,这是定金。"

看到银子,卓不凡眼热。可是溪铁只做农具,对兵器一窍不通,只能拒绝。

南宫范站了起来,拿起银子,藐视地看着卓不凡说:"听说你们溪铁天下无敌,我不远千里而来。没想到你们溪铁空有名头,实则是无能之辈,竟然连一把小小的宝剑都做不出来。"

卓家祖辈传下来的古训,名声比性命还重要。要是溪铁连一把宝剑都做不出来的事传出去,那就有损溪铁的声誉。

卓不凡咬紧牙关,冒出一句话来:"不是我溪铁无能,是你的定金太少。"

南宫范怒目而视,摸出两锭金子,"砰"的一声砸在桌上:"这定金可够?"

本来这句话就是卓不凡的托词,他只是想挽回颜面,没想到南宫范竟然摸出金子,让他下不了台。于是卓不凡只能硬着头皮拿起金子:"三个月后,你来拿剑。"

南宫范不依不饶:"如果你炼不出我要的剑,就必须赔我十锭金子。"

这个条件实在无理,但看到南宫范盛气凌人的样子,卓不凡只能点头答应,于是两人立下字据。

为了监督卓不凡炼剑,南宫范就住在了炼铁作坊里。这下该卓不凡发愁了,他马上召集工匠,要他们炼剑。很多工匠师傅都摇头,说他们只会制作农具,哪里会炼剑。

卓不凡心急:"如果谁能做出削铁如泥的宝剑,我就让他做我的女婿。"

听到这个条件,有两个人站了出来。一个是长相俊美,嘴巴又甜,深得卓不凡喜欢的秦幕羽。一个是高大魁梧,平常沉默寡言,只和冶铁打交道的于离墨。

两人都是溪铁最好的工匠，他们不但炼铁技术高超，而且做的农具更是锋利。虽然宝剑和农具不一样，但他们相信道理是相通的，于是都自告奋勇地站了出来。

卓不凡很是欣慰："这次炼剑，事关我们溪铁的声誉，你们必须全力以赴。为了让你们能够专心炼剑，不被打扰，我在瞒天过海给你们准备了两个炼铁炉。"

说起瞒天过海，可是个好地方。那里树木葱郁，小溪缓缓流淌，溪水清澈见底，鱼虾成群。在那里炼剑，环境清幽，很少有人打扰。

为了赢得美人归，两人都信心满满。但是要炼出好剑，首先要有好铁，只有冶铁的纯度高，才能制出好的宝剑来。

两人暗暗比拼，都去了百丈穴。他们都是冶铁高手，选的都是上好的陨铁。

两人都按制作农具的方法，把宝剑打了出来，而且形状相似，但是都无法削铁如泥。两人都陷入迷茫中，并各自想着办法。秦幕羽忙着去请教师傅，于离墨则翻起了古书。

再说南宫范，他住在炼铁作坊，每天都在查看两人的进度。每次见到南宫范，秦幕羽都热情地迎上去，介绍他炼剑的想法。于离墨却和秦幕羽相反，他全身心地投入炼铁中，对南宫范不理不睬。

南宫范也是炼铁行家，他和卓不凡聊得很投机。每到夜晚，两人就把酒言欢，并渐渐成了知己。

在师傅的指导下，秦幕羽对宝剑进行了无数次加热退火，让铁块的脆度减弱，然后慢慢敲打，让宝剑锋利起来。

于离墨则在研究冶铁地炉，他感觉由于温度不够高，所以炼出来的铁碳度过高。围着地炉走了一天，于离墨突然有了灵感，原来地炉是趴在地下的，导致火力无法上扬，增加温度。如果修成竖炉，那温度肯定会增高。

想到这里，于离墨十分兴奋，他马上找了几个人，帮忙砌竖炉。秦幕羽在旁边暗暗发笑，心想砌炉要耽误不少日子，到时候他已经打出削铁如泥的宝剑了。

可秦幕羽笑得太早了，接下来的日子，不管他怎么千锤百炼，这宝剑就是无法变锋利。

此时于离墨的竖炉却有了成效，炼出的铁块，比以前的纯度高了许多。虽然这还不是于离墨心目中的好铁，可时间紧急，他只能开始炼剑。

这下秦幕羽慌了，要是于离墨炼出了好剑，他就会成为卓不凡的乘龙快婿，还会是未来的矿主。

就在秦幕羽心急如焚的时候，南宫范找上门来。他要秦幕羽去偷于离墨刚炼成的好铁，并毁掉他的竖炉。

秦幕羽不解："你让我这样做，有何目的？"

南宫范呵呵笑着说："我见不得于离墨那张臭脸，就想你赢了这场比赛。"

现在秦幕羽处在下风，只有偷了好铁，毁了竖炉，他才有胜算。于是一个月黑风高的夜晚，秦幕羽趁着于离墨疲倦睡去，偷了他的好铁，还把竖炉毁于一旦。

好铁被偷，竖炉被毁，于离墨忧心忡忡。离交剑的日子越来越近，用什么办法才能在短时间内炼出好铁，做出好的宝剑呢？

带着疑问，于离墨沿着风景秀丽的临溪河走了很久。最后他停在林水碾旁，看到小溪水沿着水渠而下，流到水车里，把巨大的水碾带动起来。

于离墨突然有了灵感，大家都是手工拉风箱，力气有限，导致竖炉温度还是不够高。如果是用水车带着风箱，那风力就会大许多。反正瞒天过海水源丰富，于离墨就找了几个木工师傅，大家按他的要求，做成了水排竖炉。

再说秦幕羽，他偷到好铁后，每天借着去烧木炭，在仰天沟的密林深处开始炼剑。这里古树参天，遮天蔽日，不容易被人发现。

南宫范不知道用了什么办法，找到了秦幕羽炼剑的地方。

此时宝剑已初具雏形,看起来寒光闪闪,应该锋利无比。秦幕羽恳求南宫范,千万不要告诉于离墨,他在这里偷偷炼剑。

南宫范点头答应,可他离开秦幕羽后,马上就去了于离墨的炼铁作坊。大家都在嘲笑于离墨,说他是异想天开。可于离墨懒得理他们,径自开始点火。

南宫范悄悄地对于离墨说:"年轻人,你这想法虽然好,但要炼出好铁,再做出好剑已经迟了。不如你去偷了秦幕羽的宝剑,这样就能稳操胜券。"

于离墨摇头:"我宁愿输,也不去做这种偷鸡摸狗的事情。"

"那天晚上,我看到秦幕羽偷了你的好铁,毁了你的竖炉。"

可于离墨就是一根筋:"我没有亲眼看到秦幕羽偷盗,就不能指他为贼。"

"那上好的铁,只有你的竖炉才能炼出来。现在秦幕羽在仰天沟的深处偷偷炼剑,只要你去看看,就知道我没有骗你。"

于离墨不解:"你为何要挑拨我和秦兄的关系,你到底有何居心?"

"我想你赢,成为未来的矿主。到时候你做了卓不凡的乘龙快婿,给我二十锭金子就好。"

于离墨冷笑:"你太小瞧我了,我一定会在期限内,做出削铁如泥的宝剑,然后名正言顺地迎娶我暗恋已久的新娘,决不与你这种奸诈之人为伍。"

南宫范碰了一鼻子灰,垂头丧气地走了。水排竖炉点火后,成功地炼出了好铁,于离墨开始日夜不休地炼剑。

可在炼剑的过程中,于离墨又遇到了难题。虽然水排竖炉炼出了好铁,但是韧性不够。怎么样才能把铁块炼得韧性十足呢?于离墨闷闷不乐,坐在佛塔前发呆。

不远的地方,有一个厨娘支起大锅,正用大铁铲不停地炒着麦芽糖,然后再进行拉扯,麦芽糖就变成了韧性十足的麻糖。

于离墨突发奇想,自己炼出来的生铁较脆,由此炼出来的宝剑虽然锋利,可一削到铁块,就会断裂。如果把生铁炒熟,那做成的宝剑一定韧性十足。

于离墨为自己的想法兴奋不已,大家却说他是疯子,哪有炒铁的?可于离墨不管不顾,他在水排竖炉里把铁块炼成了稀稠的样子,然后就开始炒了起来。

接连炒了两锅铁,都达不到于离墨的要求。这时看热闹的人说起了风凉话,气得于离墨抓起一把精矿粉,就往众人撒去:"你们滚开,别耽误我炼剑。"

看到于离墨凶神恶煞的样子,看热闹的人赶紧离开了。于离墨再去炒铁的时候,就和刚才不一样了,他感觉铁块的韧性越来越好了。于离墨惊喜不已,就又放了点精矿粉在锅里。经过多次摸索,于离墨终于炼出了韧性十足的铁块。他无比高兴,给这种铁块取名为"百丈钢"。

再说秦幕羽,虽然他炼出的剑比上次锋利许多,但仍无法做到削铁如泥。秦幕羽去看于离墨,见他的宝剑青光闪闪,冒着寒气,便想试试宝剑,可于离墨就是不答应,还如防贼一样防着他。

虽然没有拿起于离墨的剑,但是秦幕羽是行家,他仅凭双眼看,就知道于离墨的宝剑比自己的那把锋利许多。

为了取得胜利,秦幕羽找到南宫范,对他许诺:"比赛的时候,你做一块假铁让我削,只要我获得胜利,就给你五百两黄金。"

南宫范露出了玩味的笑容:"除非你给我五千两黄金,否则我不会帮你。"

为了胜利,秦幕羽答应了南宫范的要求。反正溪铁富可敌国,要是他成了矿主,那五千两黄金就是小钱。

八月十五,验剑大会正式开始。南宫范威严地走上台,拿出一块铁来："这是一个激动人心的时刻，有请秦幕羽和他的瞒天剑登场。"

秦幕羽和于离墨的宝剑，都是卓不凡赐名。因为他们是在瞒天过海炼的剑，所以秦幕羽的宝剑叫瞒天，于离墨的宝剑叫过海。

手提瞒天剑，秦幕羽信心十足地上台。这是他和南宫范的约定，铁块上面黏着一层用泥巴做成的铁，秦幕羽要抢先削下来。

拿起瞒天剑，秦幕羽信心十足，他看到了那个微微凸起的小圆点，这是南宫范做的记号。瞒天剑出鞘，寒光闪闪，往那个微微凸起的小圆点削去。可铁块纹丝不动，宝剑却磕出一个口来。

秦幕羽以为是力道不够，就接连削了几次，可结果都一样，铁块没削下来，宝剑却缺了很多口。

大家无比失望，都把期待的目光投向了于离墨。南宫范大声喊道："有请于离墨和他的过海剑登场。"

于离墨大踏步地上台，他抽出过海剑，只见宝剑青光闪闪，寒气逼人。他用过海剑轻轻一削，就削下一点铁来。秦幕羽不服："你再削一次。"

拿起过海剑，于离墨接连削了几次，上面都是铁屑，而且宝剑完好无损。秦幕羽简直不敢相信自己的眼睛，叫道："你们肯定在作弊，我绝不相信有人能炼出削铁如泥的宝剑。"

南宫范笑了："你心术不正，肯定炼不出这样的宝剑来。"

秦幕羽大叫："矿主，我揭发，南宫范是骗子，他让我去偷于离墨的好铁。"

卓不凡哈哈大笑："南宫范不是骗子，是我请他试探你们的，也好趁机选婿，把庞大的家业托付给可以信赖的人。"

南宫范竖起大拇指："你们溪铁不但技艺高，于离墨这样的人人品更高。这一百把宝剑我定了，明天就付银子。"

卓不凡高兴地说："我宣布招于离墨为婿，等选出良辰吉日，就请大家喝喜酒……"

秦幕羽被赶出炼铁作坊，他的瞒天剑被丢在仰天沟里。于离墨的过海剑却名震江湖，成了南宫范惩恶扬善的利器。

因为瞒天过海炼出了名剑，溪铁的名头更响了。每个到溪铁的客商，都要到瞒天过海看看。这可是一个了不起的地方，它把冶铁的技术，推上了一个高峰。

卓不凡时刻都在提醒炼铁的工匠，不管在什么时候，都要有好的人品，精益求精的工匠精神，千万不要投机取巧，走上歪路。

泥砖房的来历

三国时期，南人叛乱，丞相诸葛亮兵出南方。他三次捉住孟获，都放了回去。诸葛亮断定，孟获还会前来，就让兵士在"蛮塔子"边安营扎寨，休养生息。

此时正是夏季，天气多变，一会儿晴空万里，一会儿又暴雨如注。兵士住在帐篷里，又湿又热，还被蚊虫叮咬，最终得了疟疾，而且这疟疾还在军营里迅速蔓延了起来。

诸葛亮查看帐篷，发现里面积满了水，蚊子成群飞舞，肆无忌惮地叮咬着人。难怪本地的江郎中开了很多治疟疾的药，可兵士的病情一好转，就又开始犯病了，原来都是这些蚊子惹的祸。

为了改变兵士的居住环境，诸葛亮想修建军营，让他们远离蚊虫叮咬之苦。可是"蛮塔子"附近，树木稀少，很难找到建筑材料。诸葛亮忧心不已，便出去转悠，身后还跟着赵云。

稻田边，有一个小男孩在玩泥巴，诸葛亮就蹲下去看。这是一种白色泥土，黏性极强，他把白泥做成娃娃，放在烈日下，很快就晒干了。

诸葛亮拿起一个娃娃，捏了又捏，发现泥娃娃十分坚硬。小男孩抬起胖嘟嘟的脸，天真地说："老爷爷，咱们一起玩泥巴吧。"

诸葛亮点点头，他放下羽扇，挽起袖子说："我给你的娃娃修一间房子，好不好？"

小男孩高兴极了，他把一坨白泥递给了诸葛亮。诸葛亮拿起白泥，捏成一个个小方块，想用它们做成小房子。可这些小方块不一样大，房子砌得歪歪斜斜，才修了一尺高，就倒了。

诸葛亮泄气地站了起来。

"老爷爷，你真笨。只要你把白泥装在我这个小盒子里，就能做出一样大的小方块，然后就能给我的娃娃搭建小房子了。"

小男孩说着从身后拿出了一个四四方方的小盒子，盒子是用木头所做，只有拳头那么大。小男孩把泥土放了进去，使劲拍打。诸葛亮很好奇，就又蹲了下去。

小男孩双手端起小盒子，猛地翻过来，一个四四方方的小方块就做出来了。诸葛亮不等小方块晒干，就拿了起来，只见小方块有棱有角，如果搭建房屋，那肯定不会倒塌。

诸葛亮来了兴致，他拿起白泥，用小男孩的小盒子做了很多小方块。等小方块晒干了，他搭建了一个有窗户的小屋子。小男孩把娃娃放进屋子，高兴得直拍手："老爷爷真棒。"

诸葛亮从口袋里摸出碎银子，递给小男孩说："你虽然年龄小，却很聪明，这点银子，你拿去买糖吃……"

小男孩欢天喜地跑了，诸葛亮摇动着羽纱，喃喃自语："从此以后，兵士不用再受苦了。"

诸葛亮回到军营，马上安排下去，让木匠做几百个一尺长、五寸宽的木盒子，不要盖子。赵云不解："丞相，你做木盒子干什么？"

"我自有妙用。"

"前方探子急报，孟获为了报仇，借了十万牌刀獠丁军，扬言要活捉丞相，千刀万剐……"

"继续关注他们的行踪，随时来报。"诸葛亮说完就急急地往外走。赵云跟了出去："丞相，你去什么地方？"

"我去找白泥。"

赵云今天一早就跟着诸葛亮，他看到诸葛亮跟小男孩玩了一上午的泥巴，现在还在寻找白泥，就着急起来："丞相，现在不是玩的时候，大军就要压境了，军士还在生病，你怎么不急？"

"我已经安排江郎中加大药量，尽快治好兵士的病。我的当务之急，是给兵士建一个干爽、凉快的军营，让他们尽快调整过来，恢复士气……"

"既然要修军营，那就该去远处寻找树木。"

诸葛亮笑而不语，赵云无奈叹气，却也只能跟在身后。诸葛亮在临溪河边找到了白泥，他让兵士用石灰撒了一个两三间房屋那么大的圆圈，然后让兵士取圆圈外的白泥。

白泥挖出来后，诸葛亮挽起袖子亲自示范。他把白泥在木盒子里拍打紧实，做成了一尺长、五寸宽的泥砖。

赵云疑惑不解："丞相，你做泥砖干什么？"

"给军士建军营。"

赵云用手在泥砖上一按，就留下了一个手印："这样的泥土，怎么建得了军营？探子今天急报，孟获日夜行军，正往我军军营而来，你快想对策。"

"你别急，山人自有妙计。"

军士不分白天黑夜地干活儿，他们把泥砖做出来晒干，然后砌成房屋。生病的军士先搬了进去，屋里干爽凉快，还能远离蚊虫叮咬。他们吃了江郎中的草药，很快恢复健康，一个个生龙活虎。

再说这孟获，他带着十万军士急行军，据前方探子来报，诸葛亮毫无防备，还在忙着给军士修建泥屋。孟获大喜，想道："这真是个大好机会，我一定要活捉诸葛亮，一雪前三次被捉的耻辱。"

经过三天三夜的急行军，孟获在离蜀营只有二十里的地方安营扎寨了。第二日，孟获身穿犀皮甲，骑赤牦牛，往蜀营扑来。他的身后跟着牌刀獠丁军，他们赤身裸体，涂着鬼脸，披头散发，手拿兵器，如野人一般号叫。

诸葛亮下令："关闭寨门，暂不出战。"

孟获接连在蜀营外谩骂了三天，蜀营却无一人出战。第四日，孟获又在营寨外叫嚷，诸葛亮在营中听到牌刀獠丁军已经没了前几日的气势，声音都变弱了，于是马上调兵遣将，晚上出兵，偷袭敌方军营。最后，孟获大败，逃到了临溪河边。他看到诸葛亮正站在稻田中，和一个小男孩一起捏泥巴。

孟获提着大刀，借着一尺高的秧苗，往前爬去。这时诸葛亮的声音传来："咱们做一只小鸟，把它放进笼子里，好不好？"

"好！老爷爷，你做的小鸟真好看，快教我做。"

孟获知道诸葛亮足智多谋，害怕有埋伏，就往诸葛亮的后边摸去。没想到诸葛亮的身后都是稻田，没有士兵。孟获得意地说："诸葛亮，你也有今日，我要把你千刀万剐，一雪前恨。"

小男孩看到孟获凶神恶煞的样子，吓得扑进诸葛亮的怀里："老爷爷，我害怕。"

诸葛亮搂住小男孩，安抚地说："别怕，我教你捏鸟笼。"

诸葛亮拿起一小块白泥，捏出一个漂亮的鸟笼，然后把小鸟放了进去。孟获气得哇哇大叫，提起大刀往前冲："你太藐视我了！"

这时一尺高的秧苗往下落，孟获粗壮的身体落入了一个大坑，怎么也爬不出来。诸葛亮摇动着羽扇说："孟获，你服不服？"

"不服，你不敢明战，晚上偷袭我军营，还设陷阱害人，是小人所为……"

"行，如果你不服，那我放你回去。下次，我还能捉到你。"

孟获不服，带兵而去。最终，诸葛亮对孟获七擒七纵，让孟获心悦诚服，而且孟获还帮诸葛亮收复了南方各部，平定了叛乱。

诸葛亮带兵走后，当地的老百姓就住在了他留下的军营，里面冬暖夏凉，十分舒服。从此后，当地人就用诸葛亮的办法，就地取材，修建了泥砖房。

这就是泥砖房的来历，如果你不相信，就去"蛮塔子"附近看看，那里还有泥砖房，它们见证了诸葛亮的睿智。

龙爪堰的传说

乾隆年间，西蜀有一个叫箭塔的小村落，有很多良田，只是每逢干旱，庄稼就颗粒无收，老百姓苦不堪言。村里有一个张大善人，长得慈眉善目。他乐善好施，想修一条堰，把莲花山的泉水引到庄稼地里，那样农田就再也不怕干旱了。

张大善人拿出所有家财，又把募捐来的银子凑到一起，就开始修建堰道。人们都想堰道从自己家的田边经过，方便灌溉，于是都争相献出土地。

只有一个人例外，他叫毕三，长得贼眉鼠眼，嗜赌如命，如今还是孤身一人。他算计着堰道必须从他家的田边经过，于是就想发一笔横财。

毕三的田叫葫芦腰，一边是悬崖，一边是他家低矮的房屋。堰道修到他家田边时，他就蹲在田里，坚决不同意堰道从他的田边经过。

张大善人急了："堰道从你家田边经过，你就方便灌溉了。"

"要想堰道从我家的田边经过，你必须给我一百两银子。"

"你这是敲诈，难道你家的田里不需要灌水？"

"我等老天爷下雨才栽秧，不稀罕你们的堰水。"

张大善人气得直颤抖："这可是造福子孙后代的好事，你怎么不积福？"

毕三猛地站了起来："我孤身一人，没有子孙后代，不用积福。"

"你还年轻，只要你勤劳，肯定能娶到媳妇。"

"别跟我说那么多废话，不给一百两银子，你这堰道就休想从我家的田边经过。"

张大善人算了一下，如果绕道，就要多花一百多两银子。而且之前修好的堰道也要报废，实在可惜，于是就求着毕三："修堰道的银子还不够，我实在没有银子给你。"

"没有银子也行，把你家的茄子田给我。"

张大善人听了十分生气，他家就一块茄子田，给了毕三，全家人怎么活？

村民看不惯毕三的臭德行，不管毕三同不同意，拿起锄头就要去挖田。毕三耍赖，躺在锄头下说："你们有本事就挖死我。"

村里最粗壮的汉子田庄，拽住毕三的双脚边往后拖边说："你们继续挖。"

"如果你们敢挖我的田，我就去上吊，我变成厉鬼也饶不了你们……"

张大善人害怕出了人命，就让田庄放了毕三。可他还是狮子大开口，坚持原来的条件，决不让步。张大善人权衡再三，今年大旱，如果再不修堰，就无法栽秧了。为了尽快修好堰道，张大善人狠了狠心，把茄子田给了毕三。

这毕三拿到地契，自然是满心欢喜。可张大善人家里却闹翻了天，张夫人哭得满脸泪痕："我不反对你献善心，可你不能把咱家吃饭的碗给了别人，这样我们以后怎么活？"

"前几天出现了太阳戴草帽的奇象，今年肯定干旱，这堰道必须尽快完工。"

"你这呆子，堰道通了，我家的田没了，有什么用？"

"我家虽然没田了，可我们村里还有很多良田。"

"你这傻子，心里只装着别人。这日子没法过了，我要回娘家，再也不回来了。"

不管张大善人怎么央求，张夫人还是带着一双儿女回了娘家。张大善人顾不得难受，他带领着村民不分白天黑夜地干活，终于在干旱前，修通了堰道，把莲花山的水，引到了农田里。

当年大旱，堰水哗哗流淌，村民们欢天喜地，犁田栽秧。不过毕三就惨了，他眼巴巴地看着天空，可老天爷就是不下雨。

于是毕三就打起了堰水的主意，他想偷偷放水。可村民们早有防备，都轮流守着堰水，坚决不让毕三偷水。毕三心里发慌，就提着刚打下来的油菜籽去赌博。也不知道毕三上辈子干了什么缺德事，反正就是霉运不断。他很快就把油菜籽输完，垂头丧气地回了家。

夜色中，毕三看到别人家的田里都装满了水，只有自己家的田里裂开了口。可他自知理亏，也不敢和那些壮汉抢水，只能眼巴巴地看着别人家在田里栽秧。他也只能望着老天发呆，希望能来一场暴雨。可这雨水就如黄金，一滴也没有落下来。

今晚守夜的是田庄，他壮得如一头牛，拿起一瓶白酒，就着辣椒喝了起来。毕三暗喜，田庄爱酒如命，每次都要喝醉。果然，才半个时辰，田庄就喝醉了。他靠在堰道上，发出了沉重的打鼾声。这时毕三悄悄地靠近堰道，把水都放进了自家田里。

田庄醒来，天已经大亮，他看到毕三的田里装满了水，心里来气，就直奔毕三的田里，扒开一个缺口，那水就哗哗地往下面的田里流。毕三牵着牛来犁田，他看到田庄放水，心里着急，就去堵水。两人就在田边争吵了起来，还打了起来。

村民知道后，都拿着棍棒出来，闹着要把毕三打死。张大善人拦住他们说："现在正是栽秧的季节，毕三如果再不栽秧，会饿死的……"

田庄愤愤不平："毕三敲诈了你的田，你怎么还帮他？"

"做人不能作恶，要多多行善，你们就饶了毕三吧！他一个人孤苦伶仃，十分可怜……"

张大善人带着村民离开了，毕三高兴不已，赶快犁田栽秧。可这秧苗栽了下去，第二天早上就不见了。毕三怀疑是村民搞鬼，扯了他的秧苗，只能重新栽秧，晚上在秧田里守候。

半夜，大风吹起，堰道化为一条龙身。上墩子和下墩子变成龙的眼睛，河水碾如龙珠，在龙的嘴里滚动。巨龙飞了起来，它一吸气就把毕三田里的秧苗都吸进了嘴里。

毕三吓坏了，慌忙逃命。巨龙张牙舞爪地飞来，仿佛要把毕三吞没。毕三吓坏了，跪在地上说："龙王爷爷饶命。"

"毕三，你上辈子作恶多端，今生还不知行善。如果不是你母亲做过很多善事，你早已命丧黄泉了。"

"龙王爷爷饶命，我再也不敢作恶了。我明天就把茄子田还给张大善人。"

"如果你说话不算话，我随时取你的狗命。"巨龙说完，慢慢地蹲下身子，化为堰道。毕三回家，拿着地契，心急火燎地跑到张大善人家里，敲开了他家的门。张大善人皱着眉头道："你要干什么？"

"我把地契还给你，请你告诉龙王爷爷，再也不要吸我家的秧苗了……"

龙王显灵的事情很快就传开了，人们拍手称快。张夫人也回来了，全家欢喜。

当年大旱，很多地方颗粒无收，箭塔村却粮食满仓。大家感恩张大善人，让他给堰道取名。张大善人略加思索后说："就叫龙爪堰吧！保咱们一方平安，水源不断。"

从此以后，龙爪堰滋润着箭塔良田，老百姓丰衣足食。张大善人也得到福报，活到一百岁了，还红光满面，健步如飞。再说这毕三，他一心悔过，不再赌博，日行一善，让人称赞。后来，毕三娶了一位贤惠的夫人，儿孙满堂，无疾而终。

箭塔的来历

三国时期，蜀地有一蛮塔子，高约五丈，耸立在临溪河边。有一日，张二小正在蛮塔子边放牛，一支冷箭就擦着他的耳朵，"嗖"的一声插在了蛮塔子上。

张二小很好奇，他拿起利箭看了又看，发现上面刻着一个"孟"字，而且箭尖锋利，竟在蛮塔子上留下了一个小孔。张二小高兴极了，他的理想是做一个大英雄，驰骋沙场，以免受夷邦骚扰之苦。

蛮塔子地处成都府的门户，夷邦人经常到此地强抢粮食和家畜。张二小的父亲就是在和夷邦人的打斗中死去的，因此张二小对夷邦人恨之入骨。为了防范夷邦人强抢，他用木头和树皮做了弓箭，经常练习。

可树枝做的箭，肯定没这铁箭好。张二小激动起来，便拿出自己的弓，把捡到的铁箭放在弦上，瞄准一棵大树，猛地射了出去。只见利箭入木三分，这让张二小高兴不已。

就在张二小玩得开心的时候，弟弟张小蛋喊他回家吃饭。八岁的弟弟调皮捣蛋，也喜欢耍弓弄箭，他已经偷了好几次张二小的木箭了。为了防备弟弟偷利箭，张二小在蛮塔子内刨了一个坑，把利箭埋了进去。

木箭和弓也不能带回家，张二小就把它们放在了一个草丛中，然后用树枝盖好，这才牵着牛，不慌不忙地往家走。可他才走了没多远，几个夷邦人就骑马而来，他们腰上都挂着长刀。在他们的身后，跟着一辆马车，一个头戴葛布头巾，手拿白羽扇的男子，正气定神闲地坐在车上，摇动着扇子。

张二小吓坏了，他缩在牛的身后，假装没有看到他们。这时一个夷邦人粗鲁地拦住张二小问："小鬼，你看到一支利箭没有？"张二小看着夷邦人，吓得瑟瑟发抖。那个夷邦人还从腰间抽出了长刀："如果你不说实话，我就砍掉你的脑袋。"

"我看到了，就插在蛮塔子上。"

几个夷邦人哈哈大笑："诸葛军师，你说过要让出一箭之地，可不能反悔呀。"

诸葛亮笑了："孟获将军，本军师说话算话，不过只怕这支箭不是杨仪参军所射……"

原来诸葛亮七擒孟获，要孟获让出一箭之地，不要侵犯蜀地。于是就让杨仪大力神站在邛州的拦河坎，射出这一箭。孟获害怕诸葛亮要滑头，就在利箭上刻了一个"孟"字。只见杨仪拉动大弓，这利箭就飞了出去。孟获就带着夷邦人，和诸葛亮一起来寻找这支箭。

张二小懊恼不已，都怪自己胆小，说出了实情，要是这些夷邦人找到了利箭，那自己的村落就在他们骚扰的范围内，老百姓就得遭罪。张二小想到这里，马上改口："我没有看到过利箭。"

孟获把张二小提到马上，把刀架在他的脖子上说："你敢撒谎，我割了你的脑袋，你马上带我去蛮塔子找利箭。"张二小心急如焚，他不该把利箭藏在蛮塔子里，只要夷邦人刨开泥土，就能找到。

张二小一副视死如归的样子，就是不带孟获去蛮塔子。孟获急了，他抓住一个迎面走来的小女孩，厉声问："蛮塔子在什么地方？"

小女孩胆怯地指着西南方说："你只要翻过这个小山头，就能看到蛮塔子了。"

张二小鄙视地看着小女孩说："你忘记你的奶奶是怎么死的了吗？"小女孩不知道发生了什么事情，吓得哇哇大哭。孟获拿起手中的长刀，就往张二小砍去："你这个小鬼骨头这么硬，我让你去见阎王。"

"孟将军住手，他只是一个小孩，我们还需他带路，找到利箭射在了哪里呢。"

孟获收住长刀："那就听军师的，暂时放你一命，快给我带路。"

张二小盯着他心中的大英雄诸葛亮，眼神里都是愧疚。诸葛亮气定神闲地说："你只管带路。"

张二小无奈，他不走小道，走大道，就是想拖延时间。可孟获的黑马脚程特别快，一眨眼的工夫，就到了蛮塔子前。

孟获还在马上，就看到蛮塔子上插着一支箭，他得意地笑了起来："军师，我找到利箭了。"

诸葛亮摇动羽扇："你去看看这是不是杨仪将军所射之箭？"张二小奇怪了，他明明把利箭埋在了蛮塔子内，是谁又把利箭插在蛮塔子上的？这下糟糕了，自己成了罪人。

就在张二小自责的时候，孟获跳下马，几大步就跑到蛮塔子上，把箭扯下来。张二小这下看清楚了，这不是利箭，是自己的木箭。可木箭藏在草丛里，怎么跑到蛮塔子上了？

诸葛亮摇动着羽扇说："杨仪将军的是铁箭，这是木箭，还请孟将军继续往前寻找。"

孟获看着张二小，凶神恶煞地问："利箭呢？"张二小心中窃喜，表面上却装着很胆怯的样子说："这就是我的利箭，我每天都在这里练习。"

孟获不相信，他检查着箭孔，厉声说："你这小鬼在撒谎，木箭这么会射这么深？这上面还有铁的痕迹，你到底把铁箭放在什么地方了，赶快给我拿出来，不然我要了你的狗命。"

这时张二小编起了谎话，这是他的强项，他经常说谎话骗父母，好出来玩耍。他大胆地说："木箭射不进蛮塔子，这上面都是火砖。我把家里的铁戳子拿来，打出这个小孔，就能把木箭射进去了……"

孟获半信半疑，诸葛亮摇动着羽扇说："小鬼，你给孟获将军亮一手，看看我们的小孩，是怎么练习射箭的。"

张二小的弓箭藏在草丛里,他上前一摸,弓还在里面。他拿起木箭,搭在弦上,眯上左眼,开始瞄准。只听"嗖"的一声,木箭就射在了箭孔内。

诸葛亮拍手叫好,孟获心虚三分,心想连放牛娃都会射箭,实在惹不起。

就在孟获准备离开的时候,他发现大树上有很多箭孔,而且整齐均匀,就起了疑心。他对几个夷邦军士下令:"去蛮塔子附近搜查,一定要找出利箭来。"

几个夷邦军士接令后,围着蛮塔子寻找。一个夷邦军士走进蛮塔子内,看到了松软的泥土,就蹲了下去。张二小的心怦怦乱跳,担心铁箭被他们找到。

只见夷邦军士刨开泥土,看到箭尾,就叫了起来:"找到利箭了。"孟获得意地看着诸葛亮说:"军师,你现在心服口服了吧?"

诸葛亮不慌不忙地说:"孟获将军你别急,你看看上面有没有你刻的字?"

利箭上沾满了泥土,夷邦军士用衣服将利箭擦干净后,张二小忍不住笑了:"这是我的木箭。"

"你把木箭藏在泥土里干什么?"

"我有一个弟弟叫张小蛋,他经常抢我的弓箭玩。我就把木箭藏在了蛮塔子里,不让他找到……"

孟获脸色铁青,觉得太丢面子,只能对诸葛亮说:"军师,那我们继续寻找。"

夷邦人和诸葛亮绝尘而去,张二小心生疑惑,难道诸葛亮真的是神仙,把自己的木箭换成了铁箭?

张二小受到了惊吓,脸色苍白地回了家。只见张小蛋拿着铁箭,玩得正欢。张二小惊喜道:"小蛋,谁给你的利箭?"

张小蛋得意地仰起头,脸上都是泥巴,说:"我今天偷偷地跟着你,看到你捡到铁箭藏在了蛮塔子里。我就跑到远处喊你吃饭,等你走后,就把铁箭偷了出来。我害怕被你发现,就埋了一支木箭在里面。"

"那蛮塔子上的箭也是你射的？"

张小蛋咧着嘴笑了，露出两个小虎牙，说："那是我用手插进去的。"

张二小激动地把张小蛋举了起来："你真是我的好弟弟，简直是大英雄。但你千万别把我们捡到这支利箭的事情说出去，不然我们就要遭大难……"

"除非你把木箭给我。"

"行，我还要给你做很多很多的木箭。"兄弟拉钩，两个人都笑了。

后来，张二小听说，诸葛亮带着孟获一直到了康定，才在跑马山上找到了一支利箭。

据说，这都是诸葛亮设的巧计，他早就算到孟获会在箭上刻一个"孟"字，然后模仿他的雕刻方法刻出利箭，让人带到康定，插在了跑马山上。利箭上的字和孟获刻的一模一样，他愣是没看穿。

从此以后，临溪河边的老百姓都安居乐业。张二小却一直珍藏着这支利箭，直到孟获死去，才把利箭拿出来，说出了当年的事情。

大家感恩张二小的聪明机智，都称蛮塔子为箭塔。这就是箭塔的由来，这个故事在临溪河边传了一年又一年，直到现在。

一代高僧解冤仇

唐玄宗年间，蜀地有一法华寺，里面住着一个得道高僧，法号无心。这无心大师白发须眉，面孔慈祥。他曾经是官宦人家的子弟，饱读诗书，只因家道中落，看破红尘，在法华寺出家，后来得道。

有一日，无心大师正在大殿念经，突然闯进两个中年汉子。他们互相拉扯，恶语相加。两人都鼻青脸肿，衣服上都是血迹。无心大师双手合十："阿弥陀佛，这是佛家圣地，施主不得大声喧哗。"

两人有点心急，异口同声地说："大师，你是一代高僧，为天下人解忧，请你帮我们评理。"

"阿弥陀佛，施主不要着急，有什么事情，慢慢说来。"

穿着蓝色长袍的汉子先说话。他叫郭福来，家住郭河坝。十年前，大哥郭运来出去经商，父亲到处筹集银两为他做本，可大哥竟然拿着家中的血汗钱在外吃喝玩乐。

爹娘病重，一直喊着大哥的名字。郭福来就安排家丁去江南找大哥，可大哥夜栖花街柳巷，就是不回家。两位老人死不瞑目，是郭福来独自将他们安葬。今天，大哥突然回来，要分家产，他坚决不从，两人就打了起来。

郭福来说到伤心处，竟哽咽着说不出话来。郭运来也泪流满面地说着他的委屈。他说他拉着货物去了江南，货物刚出手，就染上了重疾，以为自己会客死他乡。

家丁来的时候，郭运来奄奄一息。他害怕爹娘知道自己将会死去，就让家丁隐瞒实情，说他夜栖花街柳巷。这样父母只会骂他不孝，就没有了那种白发人送黑发人的伤心。

没想到郭运来命大，遇到了好的郎中，捡回了一条命，可也散尽了家财。他一路乞讨，好不容易才回到家。可弟弟已经霸占家中财产，不准他踏进家门。郭运来实在气不过，就和弟弟厮打起来。

无心大师双手合十："阿弥陀佛，你们找到家丁，就知道实情了。"

"半年前，家丁就死了。"

无心大师不说话，郭福来就激动了起来，指着郭运来大骂："你这个畜生，父母临死你不回来尽孝，现在还好意思来分家产？"

"想当年，如果不是我把你从洪水中救起，你早就死了。如今你无情无义，竟然不准我踏进家门……"

"我也从火场里救过你的命。"

兄弟俩又争吵起来。郭福来掩饰不住心中的愤怒，给了郭运来一拳，两人闹得不可开交。无心大师朗声道："这是佛门圣地，请你们回家争吵。"兄弟俩这才闭嘴，跪在菩萨面前不说话。

无心大师站了起来，对两人一挥手，郭家兄弟就跟在了他的身后。无心大师带着他们来到松针林，让他们欣赏美景，静下心来。可兄弟俩心中不满，还在争吵。

无心大师盘腿坐在一块大石上，双手合十："阿弥陀佛，施主要互相理解，不能互相指责。这金钱如粪土，亲情如黄金，千万不要伤了亲情……"

无心大师说了很多，可兄弟俩还是怒目而视，互不相让。无心大师只能长叹一声，带着兄弟俩到了禅房："天色已晚，你们暂且在禅房歇息，不管天大的事，睡一觉都能解决。"

晚饭的时候，有人送来斋饭，两人吃完饭，倒在床上，沉沉睡去。无心大师推门进来，盘坐在棕垫上，双手合十，默默念经。

睡梦中，郭运来回到了年少时。他带着郭福来在临溪河边玩耍。烈日当空，兄弟俩脱了衣服，光着屁股跳进了河里，在水中嬉戏。

天色渐暗，临溪河上游乌云密布，可兄弟俩浑然不知。不一会儿天空就下起了暴雨，洪水滚滚而来。郭运来看到洪水卷着树木如猛兽一般冲来，本能地爬上了岸。可郭福来却吓傻了，还站在河中央。

"弟弟，你快上来。"郭福来这才回过神往岸上跑。可还是迟了一步，那洪水正卷着郭福来，往下游冲去。郭运来想跳上一棵大树去救弟弟，耳边却传来无心大师的话："你现在不救他，以后就没人和你争家产了。"

"不，他是我弟弟。"

郭运来不顾一切地跳上大树，伸出手抓住郭福来的手，让郭福来爬上了大树。两人趴在大树上，随着洪水往前漂，郭福来吓坏了："大哥，我们会死吗？"郭运来心里也害怕，可他还是假装坚强地说："只要大哥在，就会保护你……"兄弟俩一直被冲到欧河，才被人救了起来。

郭福来也做梦了，他梦到火光冲天，哥哥被困在木楼里，大喊救命。他把一床被子放进水缸浸湿，披在身上，想往火海里冲。这时耳边传来了无心大师的话："你现在不救他，以后就没人和你争家产了。"

"不，他是我大哥，我不能没有他。"郭福来顶着湿被子，不顾一切地冲进了火场。期间一根木头落了下来，砸在了郭福来的脚背上，他使了吃奶的力气，才把木头挪开。

火场外有人大叫："小少爷，你救不了大少爷，你快出来。"

"不，我不能没有大哥。"

郭福来跑上燃烧的木楼梯，看到郭运来正蹲在角落里，不停地咳嗽。

"大哥，你一定要撑住，我马上就来救你。"

"太危险了，你快出去。如果我死了，你一定要照顾好爹娘。"

"不，我就是要救你。"

郭福来穿过燃烧的火海，跑到郭运来身边。两人钻进湿被子下，刚从火海里逃出来，木楼就轰然倒塌。

天亮了，一道金光照进禅房，郭运来醒了。无心大师坐在棕垫上，对着他微笑。郭运来看着无心大师慈祥的面孔，突然想起了昨晚的梦境。郭运来跳下床，给无心大师跪了下去："多谢大师指点。我没有在爹娘跟前尽孝，走的时候，还欠了不少债。弟弟这些年为爹娘养老送终，肯定辛苦。这财产我不要了。"

"那你准备去何方？"

"天大地大，总有我容身的地方……"

郭运来对无心大师拜了三拜，转身离去。无心大师没说话，就坐在棕垫上，继续念经。

过了一会儿，郭福来睁开了眼睛，他看着对面空空的小床，有点失落地问："我大哥呢？"

"他不是你大哥，他是畜生。"

"不，他是我大哥。那年我被洪水冲走，是大哥不顾一切地救了我。不管这些年他在外面干了什么，我都原谅他。我愿意把财产分给他一半，请大师帮我作证。"

"他已经走了，也不要家产，还让你多保重。"

郭福来的心突然像被撕裂般，脑海里都是大哥对他的好。他不顾一切地冲了出去，大声喊着："大哥，你不要走，你不要走。"

无心大师笑了，他爬上高高的蛮塔子，看到郭福来追到了郭运来，兄弟俩紧紧地拥抱在了一起。

不久后，郭家兄弟来法华寺上香，他们把家中的财产都捐给了法华寺，还对无心大师说："是你让我们明白，人生最宝贵的不是金钱，而是比金子还珍贵的亲情……"

寸草不生

南宋年间，邛州蒲江有一魏了翁。他相貌堂堂，才华横溢，足智多谋，为人正直，被称为鹤山先生。

庆元五年，魏了翁进京赶考，到了连云山。他看到一老妪站在小板凳上，往破落的院门上挂了一根绳子，打了一个结，把头伸了进去。

魏了翁便大叫："老人家，不可轻生。"

老妪的眼泪直往下落："我家的田地被隗霸天抢了，儿子还被打死了，我活着还有什么意义？"

老妪说完，蹬掉小板凳，一心求死。魏了翁几大步跑过去，抱住老妪的腿，把她放了下来。过了许久，老妪才缓缓醒来："你为什么要救我？"

"你有什么冤情，只管对我说，我魏了翁一定能为你报仇雪恨。"

老妪激动地跪了下去，磕了几个响头："你就是足智多谋的魏了翁，我早闻鹤山先生大名，请你为老身做主……"

说起这老妪，家有几亩田地，和儿子能够勉强维生。可隗霸天看中老妪家的田地风水好，就要在此修大宅院。隗霸天出低价想买走老妪家的田地，老妪和儿子坚决不答应。

几天以后，儿子进山砍柴，被人打死在山中。隗霸天还拿出一张字据，说儿子把那几亩田地输给他了。

老妪知道儿子从不赌博，觉得肯定是隗霸天杀害了儿子，然后用他的手指画押。老妪去县衙击鼓鸣冤，县太爷状子都不看，就杖责了老妪二十大板，还把她赶了出来。

隗霸天平常就独霸一方，干了很多伤天害理的事情。但他是知府大人的小舅子，县太爷就和他串通一气，为虎作伥。老妪申冤无门，满身伤痕，就想一死了之。

魏了翁愤愤不平："这世上还有如此恶人，我一定想办法为你儿子报仇。"

老妪感激不尽。魏了翁细细打探了隗霸天的情况，知道他是一个很迷信的人，他爹死后，他找了十二个阴阳先生，才选中现在的墓地。

后来隗霸天的姐姐一飞冲天，做了知府夫人。隗霸天跟着姐姐沾光，独霸一方，赚了无数金银。

魏了翁对隗老爹的坟墓十分好奇，就让老妪带他去看看。还别说，这隗老爹的坟墓还真不错，背靠青山，前有小溪流淌。远处是一片田园，视野十分开阔。

老妪在旁边唠叨："都说隗老爹的坟址选得好，有隗老爹护佑，隗霸天作恶多端，才不被惩罚。"

魏了翁绕着隗老爹的坟墓走了几圈，这里看看，那里摸摸。然后往左走了几丈，发现这里种着的玉米比别的地方矮了许多，且颜色还发黄。

魏了翁蹲了下去，看到一股黄水从玉米地里渗出，流入了小溪。魏了翁用手捧了点黄水，放在鼻端闻了闻，然后信心十足地站了起来："老人家，我有办法治隗霸天了。你回家好生歇着，等我的好消息。"

老妪一再交代："隗霸天从小练武，一把长刀舞得虎虎生风，先生一定要小心……"

别过老妪，魏了翁去了连云镇，住进了仙云客栈，把行李寄放在了里面。在一个无人的地方，魏了翁换上破衫，往脸上抹了点黑泥，找了一根竹竿，眯上眼睛，假装成了盲人。

在一个最热闹的巷口，魏了翁摆起了地摊。他在竹竿上的幡布上写着：摸骨算命，命好你给我一文钱，命贱我给你一两白银。

这算命的方法很奇特，看热闹的人都围了过来。一个老汉伸出手，魏了翁摸着他的骨头，说了很多奉承话。老汉大喜，给了魏了翁一文钱。

这时有人大声起哄:"这盲人是蒙人的,我们的命都好,他就只赚不赔。"

魏了翁有点慌张,他眯起眼睛,看到仙云客栈的伙计也在人群中。魏了翁今天去住店的时候,听到老板娘说伙计刚死了老婆。

于是魏了翁拿出一两白银,放在地上说:"如果有人命不好,那这银子就是他的了。"

见到银子,大家都伸出手来。魏了翁眯着眼睛看准了仙云客栈伙计的手,紧紧捏住,然后慢慢摸骨,摇头晃脑地说:"此骨软中带刺,刺中带血,后骨凄惨。"

看热闹的人听不懂,闹腾起来:"那他到底是好命还是贱命?"

魏了翁不慌不忙地说:"肯定是贱命。他骨中带刺,表明家有亡故之人。刺中带血,表明亡故之人肯定是他最亲密的人。后骨凄惨,表明他枕边已经无人。"

伙计听后说不出话来,眼泪扑簌扑簌地往下掉。魏了翁拿起银子,放在了伙计的手心里。

有认识伙计的人叫了起来:"这盲人算得真准,他刚死了老婆。"

魏了翁摸骨算命很准的消息,很快传遍了连云镇,他的算命摊前,也排起了长龙。

过了不久,一匹快马飞奔而来。有人叫了起来:"隗霸天来了,我们快点跑。"

魏了翁眯着眼睛,只见隗霸天长得五大三粗,腰上别着一把长刀,满脸凶相。隗霸天跳下黑马,往算命摊而来。

此时,魏了翁正摸着一个汉子的手。他闻到汉子的身上有一股腥臭味,便说:"你阳骨大,阴骨小。祖上积德,与畜生为伍,衣食无忧,好命!好命!"

汉子摸出一文钱,递给魏了翁说:"先生算得真准,我在马厩干活儿。"

隗霸天不说话,只伸出手来让魏了翁摸。魏了翁捏着隗霸天的手,剑眉紧锁,许久才说话:"此骨奇特,阴骨壮,阳骨小。"

隗霸天等不及了:"到底是好命还是贱命?"

"此骨出豪门,享尽富和贵。美女结成群,人心都别离。"

隗霸天暗暗点头,算得真准,他抢回家的娘儿们多,虽然长得美,但没一个和自己贴心。

魏了翁继续说:"头顶大树,残枝破叶。祖上积德,福气用完。贱命,我给你一两银子。"

隗霸天惊呆了,他的姐夫刚被人弹劾,现在自身难保。看来这个人算命有真功夫。

魏了翁的眼睛眯成了一条缝,看到隗霸天的脸上已阴云密布,就给他来了一句狠话:"不出一个月,老爷必有大难。"

隗霸天害怕了:"先生乃世外高人,请为我解除祸端。"

"不可,不可,那可要费掉我九成功力。"

隗霸天抓起长刀,架在魏了翁的脖子上,说:"如果你不为我排忧,我马上就要了你的狗命。"魏了翁假装吓得战抖,拉着隗霸天的衣服,进了隗府。

隗霸天好酒好肉伺候。魏了翁点起香烛,嘴里念念有词:"你家的祖坟偏了偏,隗家福气要用完。若要避过当头祸,祖坟要往旁边挪。左边是青山,右边是银川,如要鸿运照,长椅要坐端。"

隗霸天不懂:"请先生明示。"

魏了翁眯起眼睛:"给你爹看地的先生留了一手,后面是青山,如一把长椅,坐在当中,才能安稳。可你家祖坟有点偏,就如坐在三脚凳上,容易出现祸端。"

隗霸天不相信,马上跑去祖坟看了,发现果真的如魏了翁所言,祖坟没在青山当中,而是偏向了右方。

隗霸天刚急匆匆地回来,姐姐又传来消息,说姐夫被收押了。于是,隗霸天想尽快挪祖坟,以避祸端。

魏了翁跟着隗霸天到了隗老爷的坟前。只见魏了翁拿起罗盘转来转去,嘴里念念有词:"祖坟坐长椅,金银堆满仓。祖坟靠青山,儿孙考高官。"

隗霸天按魏了翁的吩咐，让下人跟着魏了翁的脚步撒上石灰，标注了坟墓的新位置。隗霸天站在前面一看，发现这个算命的真是厉害，这下坟墓刚好在青山中间，有了靠山。

挪完祖坟，隗霸天分文没给，就把魏了翁赶走了。奇怪的是，从此隗老爹的坟头寸草不生，不管隗霸天在坟头栽什么，都会死去。

都说坟头无草，那可是凶兆。连云镇的人更在疯传，说隗霸天作恶多端，气数将尽。这让隗霸天忧心忡忡，不可终日。

可隗霸天仍贼心不改。有一天，他带着几个恶奴去了蛮塔村，看到一个美艳的农妇正在采茶。隗霸天便色心又起，光天化日之下，就要强抢民妇。

想到隗霸天气数将尽，平常胆小如鼠的村民，这次都拿着锄头铁锹朝隗霸天冲去。

看到村民气势汹汹，恶奴们害怕了，毕竟现在隗霸天的姐夫已经被砍头了，隗霸天已经无人撑腰了。要是杀死村民，那可是杀头之罪。恶奴们暗暗后退，只有隗霸天一个人往前冲。

这下好了，村民的锄头、铁锹都往隗霸天砸去。以隗霸天平常的武功，只要奋起反击，就能够轻松逃命。可一想到算命人的话，隗霸天双腿发软，没有招架之力，竟被活生生地打死了。

县太爷因为贪赃枉法，已经被收监。新来的县太爷知道隗霸天罪恶滔天，就把他的家财都分给了穷人。

大家都说那个先生摸骨算命厉害，挪了隗老爹的坟，破了隗霸天的福根，他才遭此报应。

魏了翁暗暗发笑。他那天去看隗老爹的坟地，发现玉米地下流黄水，心想那下面肯定是硝土。魏了翁就利用隗霸天迷信的心，假扮算命先生，让隗霸天挪坟。这样地下的硝土就盖在了坟头上，导致坟头寸草不生。

这就是魏了翁使用的攻心计，让隗霸天作恶的时候心虚。而老百姓又都比较迷信，他们一想到隗霸天气数将尽，就会奋起还击，最终给老妪报了仇。

何水碾之恋

唐玄宗年间，临溪河边有一何水碾。长长的沟渠缓缓流淌，流进碾子，把稻谷碾成糙米，把玉米磨成细面。

何水碾的主人姓何，人称何员外。他有一座大宅院，在何水碾的旁边。矮矮的土墙，把整个大宅院围在一起，显得特别气派。何员外有一女儿，芳名玥儿，长得花容月貌，引得无数富家公子前来提亲。

可玥儿心中已有爱慕之人，他就是穷书生郭余同。他貌比潘安，俊美无比，且饱读诗书，上知天文，下知地理。他还是一个出了名的孝子，经常背着脚有残疾的娘亲去赶庙会，惹得年轻姑娘看直了眼，恨不得把这俊儿郎抢回家去。

郭余同住在郭河坝，每到月初，他就会背着一袋稻谷，到何水碾去碾米。一个炎热的夏日，郭余同和往常一样走到何水碾。他看到一个美如天仙的姑娘，闭着双眼，把白嫩的脚丫伸进缓缓流淌的河水里，就如一幅美丽的画。郭余同看傻了眼，背着稻谷站了很久。

玥儿虽然是大家闺秀，可她野性十足，喜欢捉鱼捉虾，更喜欢光着脚丫，泡在清凉的水里。她喜欢闭着双眼，听溪水哗哗地流进磨坊，把巨大的石磨推到嘎吱嘎吱响。

打破宁静的是一只野鹤，它从草丛里飞了起来，发出一声鸣叫。玥儿睁开双眼时，野鹤已经飞走了，面前站着的是一个俊美的书生。他背着一袋沉重的稻谷，汗水从脸庞流下，还用火热的眼神看着她。

玥儿正是情窦初开的年纪，被盯得身体莫名地发热，心怦怦乱跳，脸羞得通红。郭余同这才回过神来："你是何小姐吧！果然美如天仙。"

"你是郭公子吧！果然俊美无比。"

从何水碾到郭河坝，只有两三里路。郭余同早就耳闻何家姑娘美若天仙，没想到今日有缘相见，果然名不虚传。

玥儿常被父亲关在家中学习女红，但丫鬟们常常说起郭河坝有一俊美书生，与她十分般配。当时她还笑丫鬟们没眼光，如今一见，就暗生情愫了。

磨坊的李大叔贪杯，今天喝醉了，躺在一堆稻谷中呼呼大睡。玥儿就指挥着郭余同把稻谷倒进碾子，两个人就坐在河边，看着大石磨缓缓旋转。

四目相对，不需要太多的语言，眼睛里装满了爱恋。两人就这样默默对视，把爱刻在了心中。

就这样，每到月初，玥儿就会拿着几样小菜，提着一瓶好酒到磨坊，说要慰劳李大叔。其实她就是想把李大叔灌醉，在黄昏的时候，等待郭余同的到来。

这天造地设的一对佳人，就这样相恋了。他们还在何水碾许下诺言："今生要做夫妻，来生还要续前缘。"

八月初，何员外家里来了一个打扮得花枝招展的媒婆。她摇动着水桶腰，拿出贵重的礼品说："恭喜何员外，成都府的周大官人看中了玥儿，让我来下聘礼。他家大业大，生意做到了江南……"

何员外喜不自禁，他一直想靠着玥儿发家，就趁机提出条件："我养玥儿不易，这聘礼可不能少。"

"当然了，周大官人说了，这聘礼不能少。他的双亲不在，如果你答应这门亲事，他就接你去成都府享福，让你当老太爷……"

"这周大官人是否身有残疾？"

"你放心，周大官人身体健康，就是年龄大点，有两个孩子……"媒婆一张嘴，死的都能说活。何员外被丰厚的聘礼吸引，便答应了这门亲事。

玥儿知道这门亲事后，死活不答应。何员外就生气了：

"郭公子虽然长得俊美，可家境贫穷，你跟着他会受苦。这周大官人家大业大，你有享不完的荣华富贵。"

"爹，我已经与余同立下誓言，今生决不相负，不然天打雷劈……"

何员外不顾玥儿反对，选好吉日，要她和周大官人成亲。玥儿又哭又闹嚷着要私奔，何员外干脆把她关入闺房，不准她出门。玥儿不吃不喝，以死抗争。

何员外准备嫁妆，到处发喜帖。郭余同每晚都到何水碾等候，可就是不见玥儿的身影。郭余同的心都碎了，难道玥儿变心了？

带着失落的心，郭余同回到家中，发现娘亲竟然不见了。家中的物件被砸烂，桌上放着一张纸条："我是金华山的武大王，我带走了你的娘亲，你带三百两银子来赎你娘亲。"

武大王是金华山的山贼，是个杀人不眨眼的魔王。可他怎么看上了郭余同这穷家呢？郭余同就是砸锅卖铁，也凑不出十两银子来。为了娘亲，郭余同去了金华山。这武大王看着郭余同俊美的脸蛋，忍不住赞叹："好一个俊美男子。"

"武大王，我娘亲脚有残疾，需要我照顾，请你放过她吧！"

"你准备好银子了？"

"我穷书生一个，哪有银子？"

"哈哈，没有银子也行，你干脆入赘我家，做我的女婿。"

"不行，我绝不与贼人为伍。"

武大王怒道："来人，把这个穷酸书生的娘亲给我剐了。"

郭母被人拉了出来，贼人举起了长刀。郭母的眼泪扑簌扑簌地往下流："儿呀！娘亲这些年拖累你了，不然你已经考取功名，成家立业了。"

郭余同流泪了："没有娘亲，哪有儿。"郭母刚毅地抬起头道："贼娃子，你们动手吧！"

郭余同扑倒在娘亲面前说："你们杀了我吧！"

武大王一挥手，就有人把郭余同拉开了。这时贼人举起长刀，在郭母的手臂上割下了一块肉，鲜血也流了出来。

"郭余同，如果你不答应这门亲事，我就把你娘亲千刀万剐。"

郭余同的心在滴血，他大声号叫："放了我娘亲，我答应这门亲事。玥儿，原谅我的背叛，我不能没有娘亲……"

金华山张灯结彩，何员外也收到了武大王送来的喜帖。原来这武大王是何员外的表弟。这都是何员外出的诡计，因为玥儿一直绝食，已经奄奄一息了。何员外就出此下策，只有郭余同负了玥儿，她才会心甘情愿地上花轿，嫁给周大官人。

何员外把喜帖递给玥儿，她一看傻眼了："这个郭余同，肯定不是我的郭余同。"

"你和我一起到金华山喝喜酒，就能看到是不是这个负心人了。"为了去金华山，玥儿吃了一碗饭，才有了一点力气。

马车在大道上颠簸了几个时辰才到金华山。山上到处张灯结彩，喜气洋洋。玥儿一走下马车，就看到了郭余同。他愁容满面地站在门口，迎接客人。

武大王看到玥儿来了，就在郭余同耳边低语："你要对玥儿说你是心甘情愿娶我女儿的，不然我就把你的娘亲千刀万剐……"

玥儿瘦了，眼睛里含满泪珠："余同，你忘记我们的誓言了吗？为了抗争定下的亲事，我已经绝食几天了。你怎么能负了我，要娶我表姐为妻？"

武大王捏住他的手，用威胁的眼神看着他。郭余同的心里进行着激烈的挣扎，一边是玥儿，他最心爱的姑娘，一边是娘亲，生他养他的人。

"余同，是不是他们逼着你成亲的？"

"玥儿，是我喜欢你表姐，主动和她成亲的。"

玥儿的心被撕裂了，摇摇晃晃地倒了下去。郭余同扑了过去，想抱住玥儿，却被武大王拉走了。

洞房花烛夜，郭余同傻傻地坐在红烛前，如灵魂出窍了一般。新娘不耐烦地掀起盖头："你这个傻子，春宵一刻值千金，你还磨蹭什么？"

郭余同"扑通"一声，给新娘跪了下去："我和玥儿生死相依，请你放过我吧！"

"真是一个软骨头。你会骑马吗？你会武功吗？你会杀人吗？"

郭余同摇头："我只会读书。"

"真是一个窝囊废，不会杀人做什么山贼？"

郭余同说不出话来，只是流泪。

"别给我哭哭啼啼的，像个娘儿们。姑奶奶能看上你？还好何员外送来一千两银子，我这新娘就当是演习，明天带着你跛脚的娘亲给我滚！"

"原来你们串通好了，演戏给玥儿看，让她死心塌地上花轿。"

"你这又穷又酸的书生，什么都给不了玥儿。你别拖她后腿，耽误她去过好日子，不然我剥了你的皮……"

玥儿醒来的时候，发现自己已经躺在了家中。何员外见玥儿醒了，就在她的耳边唠叨："这俊美男子就是靠不住，据说是你表姐去九仙山上香时，两人眉来眼去，就勾搭上了……"

玥儿坐了起来："爹，我要吃饭。"

何员外高兴极了，让丫鬟端饭进来。玥儿吃了饭，有了力气，她对丫鬟说："把我的大红喜衣拿来，我要试试。"

镜子中的玥儿，画上浓浓的喜妆，穿上大红嫁衣，美若天仙。玥儿走出闺房，对何员外笑了："爹，我美吗？"

"我敢打赌，整个成都府找不到比你更美的人儿。"玥儿笑了，灿烂如花，心却碎了。

接亲的队伍浩浩荡荡，送亲的队伍满心欢喜。玥儿坐在花轿里，一次次回头，何水碾越来越远了。

郭余同背着跛脚的娘亲回家，更加发奋读书。但每到月初,不管刮风下雨,郭余同都会去何水碾,一直坐到天明。何员外如愿以偿,跟着玥儿去了成都府享福,把何水碾和老宅院都卖了。

后来,郭余同进京赶考,考取了功名,一路高升,官做到了中书侍郎。可他一直没有婚配,直到年老才告老还乡,买下了何水碾和老宅院。

每日,郭余同都会在老宅院里坐上半日,看着玥儿的闺房,仿佛能穿越时空,和玥儿对话。

但更多的时间,郭余同都在打理磨坊。他把水渠里的落叶清理干净,让河水缓缓地流进磨坊,那石磨发出嘎吱嘎吱的响声,就如玥儿银铃般的笑声。那稻谷在石磨地挤压下,露出雪白的大米,就如玥儿白嫩的手臂。

郭余同老得走不动了,就在磨坊里安了一张小床,他要时刻守候着这个让他梦牵魂绕的地方。

一个大雾弥漫的清晨,郭余同还在梦中喊着玥儿。这时,一位穿着富贵的老妇人悄悄地走进了何水碾。老妇人把一件大红嫁衣轻轻地盖在了他的身上,默默地退了出去:"余同,我希望在你的记忆里,我还是那个貌美如花的玥儿,而不是如今满脸皱纹的老太婆。"

郭余同醒来,摸着身上的大红嫁衣,上面绣着两个字——同心。郭余同笑了,追了出去,大声喊叫:"玥儿,我知道你来过,就为'同心'这两个字,我这一生的等待值了……"

二 扶贫攻坚

送你一把草

蛮塔村有一个低保户，扶贫干部过了一拨又一拨，就是没有人能够把他扶起来。这个低保户叫老郭，是一个老光棍，他就是懒，什么也不想干，就靠着低保金过日子。

这天，市里来了一个扶贫干部，三十出头，穿着很嘻哈。他进了老郭的小院，直皱眉头，因为里面杂、乱、脏，无处下脚。

老郭看到扶贫干部后马上就兴奋了起来。以前的扶贫干部来，带着小鸡、小鸭、小鹅、小兔，都想让他勤劳致富。结果这些小动物养大后，都进了老郭的嘴巴。

"你就是郭大叔吧！"

"领导好！他们都叫我老郭。"

"别叫我领导，我姓伍，你就叫我小伍吧！"

小伍在院子里走了一圈，这里摸摸，那里看看。老郭穿着拖鞋，跟在小伍的身后诉苦，说现在的物价越来越高，那点低保金填不饱肚子。

"郭大叔，我看你身体好，可以勤劳致富。"

老郭经验丰富，每次扶贫干部来，都是以这句话开头。他就随着小伍的话说："我也想致富，就是没本钱。"

"你有什么致富想法，我会全力支持你。"

老郭大喜，以前的目标太小，只想要点小家禽，这次直接开口，想养牛致富。只要得到小牛，不用喂养，就可以宰杀了吃牛肉。

几天后，小伍来了，身后没有记者，没有小牛，手里只拿着一把草。老郭有点失望，热情的脸马上变得冷若冰霜。

小伍笑着说："郭大叔，你要养牛，得先种草。"

"没有牛种草有啥用?"

"如果你答应种草,我就送你一头发财牛。"

看来这次的扶贫干部不简单,要想得到小牛,还要种草。于是老郭就耍起了心眼:"你这点蒲草苗,种不了一亩田。"

"如果你能种上一亩蒲草,我就把蒲草苗全给你拉来。"

老郭想了一会儿,舍不得孩子套不到狼,就答应了。

第二天,小伍就拉来了蒲草苗。现在刚过清明,正是种植蒲草的季节。老郭本想在自家的水田里随便种点蒲草,然后把剩下的蒲草苗卖给别人。可小伍不走,一直跟着老郭种蒲草,还晒得全身发黑。这让老郭无法偷懒,只能跟着干活儿。

蒲草苗施足了肥料,在水田里疯长,可小伍再也没有来过,老郭更没见到小牛的踪影。他有了上当的感觉,心想:这么多的蒲草,拿来干什么?

到了九月,小伍才来,老郭有点生气:"你答应我的小牛呢?"

"你先把草割了晒干,我就把小牛给你送来。"

遇到这样较真的扶贫干部,老郭没办法,只能收割蒲草。小伍害怕老郭偷懒,就陪着他收割蒲草,等到晒干装进屋子才离开。

老郭很得意,就等小牛送来,把这点蒲草喂完,到了过年就能宰杀吃牛肉了。可小伍走后,再也没露面。老郭心里急,就给小伍打电话,可小伍吞吞吐吐地说:"郭大叔,我遇到点难题。我谈了几年的女朋友,要我送她一样礼物,她要求必须是植物染、手工编织的拖鞋,还要花色好看。"

老郭发怒:"你倒好,谈着恋爱,把我当猴耍。你到底什么时候送牛来?"

"郭大叔,你别生气,帮我想想办法,只要你能帮我找到这样的礼物,我就马上送牛来。"

老郭生气了,觉得小伍这是变相地问自己要好处。可自己有求于他,不然这一屋子的蒲草拿来干什么?一想到蒲草,老郭就有了主意。他年轻的时候，可是蒲草编织能手。于是他答应给小伍的女朋友编一双拖鞋。

为了得到小牛，老郭下足了功夫，他去挖了点红茜草，捣碎，然后加入明矾进行发酵。不久后，老郭就得到了红色染料。他把蒲草放进染料中染红，晾晒干，就得到了红色蒲草。

花了一天时间，老郭就按着商店里最流行的样式，用蒲草编织了一双女式拖鞋。

小伍接到老郭的电话，喜滋滋地拿着拖鞋就走了。老郭因此做起了美梦，甚至梦到了牛肉火锅的美味。

可一个月过去了，小伍仍不见踪影，打他电话也不接。老郭气不过，心想：小伍身为扶贫干部，竟然是一个贪婪的人，连低保户的便宜都想占。但老郭也不是好欺负的，他一封举报信写到市委办公室，领导就来调查举证了。

这时小伍才来到老郭家，拿出一百元钱，说是女朋友喜欢拖鞋，这是给老郭的钱。老郭大喜，心想：这铁公鸡竟然拔毛了。

可过了没几日，小伍又拿出一张照片，上面是禅语窗帘，样式新颖，花色好看。小伍央求老郭："我丈母娘很喜欢这种窗帘，请你帮我编织下，要用植物染。"

"这有点难，有五种颜色，还有花鸟。"

"郭大叔，你就帮帮我。我丈母娘说了，如果窗帘编织出来，那她就把女儿嫁给我。"

"那我的小牛呢？"

"只要你编织的窗帘我丈母娘满意，我就马上给你送牛来。"

老郭没办法，只能答应。可这禅语窗帘，花色烦琐，太费心思。老郭只能埋头苦干，先用植物染料给蒲草染色，再进行编织。这禅语窗帘虽然不大，但做工精细，老郭用了一个多月才完成，和照片上一模一样，且显得更加古朴。

小伍算准了时间，老郭刚完工就来了，还把窗帘放到车上。可这是老郭的心血，于是他支支吾吾地说："这窗帘要是在我祖爷爷那个年代，要值几两银子呢。"

"郭大叔，你放心，如果我丈母娘喜欢，我就给你送牛来。"

小伍说得好听，可他拿走窗帘后，就再也没有露面。老郭一等再等，小伍还是没有音信。

老郭生气了，想着反正自己是孤人一个，也不怕出丑，就跑到镇长办公室闹腾。镇长给了老郭两百元钱，说小伍去日本考察了，暂时回不来。

老郭心里来气，又给市委办公室写了举报信。可这次领导没来，小伍却来了。他挎着一个大包说："郭大叔，你太不信任我了吧！"

"嘿嘿，如果不是这封举报信，你会来吗？"

小伍不说话，他从大包里拿出一沓钱，放在了桌上。老郭看傻了眼，心想：这铁公鸡竟然给了自己这么多钱，看来是受到领导训斥，工作不保。老郭也不客气，拿过来直接放进了口袋。

"郭大叔，你会编织蒲草地毯吗？"

老郭冷笑："你也太小瞧我了，我家祖上五代都是编织蒲草的，有独特的植物染色技术，还有秘不外传的编织手法。只要你拿出花色，我就能编织出来。"

小伍激动地拿出一张地毯的照片："你会编这种地毯吗？"

"我肯定会编，但你要给订金。"

小伍又从大包里摸出一万元钱递给老郭："这次先给订金，你再编织。如果你编织得好，还会有很多订单。"

老郭惊讶："还有人买这玩意？"

"我在精准扶贫以前，详细地了解过你。你是民间艺人，有工匠精神。为了给你的蒲草找到销路，我跑遍大江南北，还去了日本。因为我心里没底，不知道你编织的蒲草能不能卖出去，就编了女朋友和丈母娘的谎言，让你先把样品编出来，我拿去卖。没想到你的手工编织和植物染色很受欢迎，于是就接到了这个地毯的订单。"

老郭非常感动，他觉得自己只是一个蒲草编织的匠人，常常被人瞧不起。年轻时，媒婆给他介绍了一个姑娘，长相平平，说话可气人了，说老郭这种穷鬼，就是瞎子都不嫁给他。就这样，老郭自暴自弃，变得懒惰了。

"郭大叔，为了不让你的编织技法失传，我还准备给你申报非物质文化遗产。你就准备大干一场，把我们的蒲草编织发扬光大吧……"

面对小伍规划的美好蓝图，老郭竟有点怀疑："我行吗？"

"你肯定行，我们扶贫，不但要扶'智'，更要扶'志'。不管别人怎么打击，我们都要立志，成为最优秀的人。"

看着小伍信任的眼神，老郭信心满满，立志要干出个样给别人看。

富贵树

四川西南，有一牛耳村，地处高山，云雾缭绕，如仙境一般，但是交通极为不便，多数人家都搬到了山下居住，只剩下一些恋旧的和贫穷的人住在村中。

石云峰是村里最穷的人家，他还住在破烂的老木屋里。那些木板，经过百年，被烟熏得如墨汁一样黑。房顶的瓦也开始脱落了，一到下雨天，屋里就漏雨。

别看石云峰一穷二白，他家还有一样值钱的宝贝，那就是屋后的一棵金丝楠古树，已经长了几百年了，三个成年人才能合抱住。但是，国家已经给这棵树挂牌了，它已经成了国家二级保护植物，不许砍伐。

有一天，乌云笼罩着天空，马上就要下雨了。石云峰拿着梯子，爬上屋顶，用油布盖着瓦片脱落的地方。

这时有人在下面大叫："云峰叔，你快下来，我找你有点事。"

石云峰探出头一看，是腆着大肚子、长着一对小眼睛的冯文斌。他是石云峰的远房侄子，专门做树木生意，这几年已经发达了。

石云峰盖好油布，大雨就落了下来。两人钻进屋里，破烂的灶房里滴滴答答地漏着雨。

冯文斌直接说明来意："云峰叔，我想买你家的金丝楠古树。"

这句话确实让石云峰有点心动。他的儿子在外打工，正和一个姑娘谈恋爱，姑娘已经怀了儿子的孩子，姑娘的家人嫌这里山高路远，交通不便，要儿子在城里买房，不然就让他们分手。可他们看好的房子，首付要五十万元。

冯文斌看石云峰发呆，就抛出一句话来："这棵金丝楠古树，我出五十万元。"

石云峰心想，这钱刚好够儿子买房的首付。可这棵金丝楠古树是祖辈人栽的，他们还留下家训，说这是富贵树，子孙后代都不能砍伐。而且现在金丝楠古树已经挂牌，如果砍伐，是要坐牢的。

想到这些，石云峰直摇头："我不敢卖。"

"云峰叔，我可是在帮你，你想不想儿子结婚？想不想抱孙子？"

冯文斌早就对这棵金丝楠古树虎视眈眈，不知道说了多少次要买，可石云峰就是没答应。今天他是有备而来，说的话直戳石云峰的心窝。

"云峰叔，我知道你担心砍伐金丝楠古树会坐牢。我已经想到了一个万全之策，你只要按我的办法做，保证万无一失。"

石云峰动摇了，冯文斌就说了他的办法。这棵金丝楠古树长在老木屋后面的斜坡上，只要石云峰每天拿着锄头，去挖斜坡下边的土，那金丝楠古树就会倾斜，砸倒老木屋，这样就不会有人怀疑是石云峰在捣鬼了。至于老木屋，冯文斌将山下的一间小平房赔给石云峰，但这老木屋的木料，要归冯文斌。

这个办法确实万无一失，石云峰既能得到小平房，又能给儿子在城里买房。

石云峰按计划行动，他每天晚上等村里人都睡了，就悄悄出去，挖斜坡下面的土。挖完以后，再用枯叶盖上，这样就没有人能看出痕迹。

半个月后，斜坡下面的土挖走了很多，金丝楠古树开始倾斜了。石云峰很高兴，他给儿子打电话，说马上就能弄到钱给他交首付，让姑娘千万不要打掉孩子。

可就在这个节骨眼上，扶贫干部王局长来了。他把带来的被子放在破旧的大床上，要蹲点找石云峰贫穷的原因。石云峰心里急，多了一个人就碍眼，晚上就没法出去挖土。于是他就说自己不穷，让王局长走。

王局长爽朗地笑了："你的确不穷，家里还有棵金丝楠古树，这可是富贵树，以前皇上才能用的木材。"

石云峰嘴上不说话，心里却在冷哼，自己守着这棵金丝楠古树，穷了一辈子，连老婆也留不住。

王局长兴致勃勃，先是研究老木屋，然后转到屋后，看金丝楠古树。王局长是林业局局长，这棵金丝楠古树是他挂牌的，看到古树倾斜，心急如焚。这棵金丝楠古树特别稀有，是活着的化石，可千万不要倒了。

王局长一个电话，就叫来很多工人，对斜坡加固。刨开树叶后，王局长看到裸露在外面的树根，有的已经开始干枯，于是又打电话叫专家抢救这棵树。

石云峰害怕王局长发现是自己动了手脚，就开始解释："这肯定是天天下雨引起的滑坡。"

"还好我来蹲点了，不然这棵金丝楠古树滑下来，就会砸倒老木屋，你住在里面就危险了。"

其实，石云峰也害怕，每天晚上挖完土，就到牛棚里睡觉。就连白天做饭的时候，他也是心惊胆战，随便做点菜，就端到外边吃。

王局长忙着抢救金丝楠古树，石云峰就急了，这棵金丝楠古树不倒，哪有钱给儿子交首付。冯文斌心里也急，一个电话把石云峰叫下山，并给他出了一个馊主意。

石云峰按冯文斌的吩咐，买了一箱除草剂背回家。斜坡已经用混凝土和木桩加固，裸露的树根已经被盖上细土。王局长累得满头大汗，他用脏兮兮的手擦着脸："终于排除危险了，我可以回家睡个安稳觉了。"

王局长走后，石云峰好不容易等到天黑，拿起锄头，背起除草剂就去了屋后。

不一会儿工夫，石云峰就挖开了金丝楠古树的根。他拿出除草剂，正想按冯文斌的吩咐，把除草剂都倒进去。可除草剂的盖子刚被拧开,王局长就冲了出来。他按住石云峰的手:"我就感觉这棵金丝楠古树倾斜得很蹊跷,只是苦于没有证据。你今天买除草剂回家,我就假装离开,现在可算拍到你毁坏古树的证据了。"

石云峰吓坏了,他身体如筛糠一样战抖:"王局长,我一生清白,你千万不要送我去坐牢。我是被逼得没有办法,只有这棵树才能救我孙子……"

石云峰说出自己的难处,王局长心软了:"这可是活着的化石,你一定要保护好。不然我拿出刚才拍到的视频,随时都能送你去坐牢。"

经过这一番闹腾,王局长更不敢走了,直接就住在了石云峰家里,守着这棵金丝楠古树。

王局长住在老木屋里,很快就发现了玄机。小木屋外面蚊虫多,房间里却没有蚊虫。他检查了那些被熏黑的木板,发现竟然是金丝楠木。

冯文斌消息灵通,马上就来了,说要买下这些金丝楠木板。石云峰当然愿意,这样他就有钱交首付,保住孙子了。可王局长不答应,这老木屋虽然破旧,但是雕花镂彩,做工精细,拆掉太可惜了。

说良心话,要拆掉老木屋,石云峰心中也有太多的不舍,毕竟在里面住了五十多年,有太多的情感在里面了。可是儿子老大不小了,姑娘又怀着石家的血脉,他不能自私地只考虑自己,所以他坚持拆掉老木屋,卖金丝楠木板。

王局长挡住石云峰:"石大哥,你这老木屋保存完好,只要修缮一下,就能做民宿,会给你带来财富,千万不要拆。"

"我们这穷乡僻壤,小车都来不了,哪会有人来住?"

"政府正在计划修建一条公路,重点打造你们村。你家的这棵金丝楠古树和老木屋可以多加宣传,吸引很多游客前来参观。"

"等你们打造好,不知道猴年马月了,我的当务之急是给儿子买房，让他结婚，生下孙子。"

石云峰说完，拿起大锤，就去敲木板。冯文斌大喜，指挥着石云峰："这面墙有九块金丝楠木板，你睡的房间有八块金丝楠木板，房梁上还有六根金丝楠木……"

发现冯文斌对自己家的老木屋了如指掌，石云峰突然明白了，原来冯文斌早就知道老木屋有金丝楠木，所以就用了个一箭双雕的办法。要是王局长不出现，那自己就亏大了。

想到这些，石云峰就来气："滚！你给我滚！我不拆老木屋了，不卖金丝楠木板给你了。"

冯文斌知道自己说漏了嘴，就求着石云峰。王局长紧盯着冯文斌："你为了赚钱，已经毁掉了很多古树。我已经在搜集证据了，你等着坐牢吧！"

冯文斌吓坏了，慌忙逃走。这时，石云峰把希望寄托在了王局长身上："你能不能找一个人，买了我的老木屋，我急需用钱给儿子买房。"

这些天，王局长一直在思考，自己不可能一辈子守着这棵金丝楠古树。唯一的办法，就是让这棵金丝楠古树产生效益，让石云峰发自内心地保护古树。

有了这个想法以后，王局长就在朋友圈发了金丝楠古树和老木屋的照片，并吸引到一个老板来这里投资。石云峰只要用老木屋和金丝楠古树入股，就能分成。

石云峰大喜，马上给儿子打电话。儿子带着丈母娘和姑娘来了，她们看着分成合同，再也不说在城里买房的话了，还说要把孩子生在牛耳村，享受好空气。

石云峰激动地说："祖辈人说对了，这金丝楠就是富贵树，能给我们带来好运气。"

王局长笑了："保护好绿色资源，就有好运。你们牛耳村的绿水青山，就是金山银山。"

石云峰咧嘴笑道："我不管什么金山银山，反正像你这样好的扶贫干部，就是我们的靠山。"

冲毁的铁桥

钟羽是大学生村官,刚刚上任就发现了一个问题。村里有一条小河,河面上搭着一根大树,村民每天要背着东西从上面经过。遇到下雨天,大树湿滑,经常有人落水,十分危险。

为了给村民办实事,钟羽想修一座小桥,解决村民的实际困难。他到了镇上,找到了主管水利的吴涛,说了修桥的事。

吴涛也很为难,因为村民以前也反映过这个问题,当时还去做了调查。原来在离这棵大树五百米的地方,有一座小石桥。村民只要绕道,就可以去河对面干活儿。按规定,这里不用修桥。

钟羽也知道这座小石桥,但有些村民就是不愿意走。因为从小石桥过河,来回就要多绕两千米。河对面种的是柑橘,到了采摘的时候,村民宁愿从冰冷刺骨的小河里经过,也不愿意走小石桥。

"钟羽,我知道你一片热心,但过河种庄稼的只有十多户,其余人家离小石桥近,还是很方便的。"

当初修小石桥的时候,专家是做过论证的,为了多数人方便,那少数人肯定就不方便了。钟羽也知道这个道理,最后快快不乐地离开了吴涛的办公室。

几天后,钟羽听说有一家公司可以修铁桥,他心里一喜,便去做了调查。设计人员给他看了很多图片,都是在这种小河上面架的小铁桥,不能通车,但是行走方便。最为关键的是修小石桥要上百万元,修铁桥只要十多万元。如果众筹,或找人捐款,筹集这十几万元并不难。

钟羽十分高兴,找到吴涛说了自己的想法。吴涛举双手赞成,他也想为老百姓办实事。经过必要的程序后,政府给了村里五万元的资金支持,剩下的由村民自筹。

听说能修桥,那十几户人家非常高兴,而且他们是最大的受益者,所以都踊跃捐款。钟羽找到这家公司,以十二万元的价格,商谈好了修铁桥的事情。

其实,就是在河的两端焊上铁架,上面铺上铁板,两边做上护栏,这样行走方便,小孩过河也没有危险。但是所有的捐款收到一起后,还差一万元。钟羽一狠心,把自己的"小金库"都拿了出来,填上了这个缺口。

小铁桥顺利完工,村民过河再也不用担忧了。但是,好景不长,一场暴雨从天而降,小铁桥被冲毁了。

就在钟羽十分难过的时候,还有人匿名给纪委写了一封举报信,说这铁桥有问题,怀疑钟羽在其中贪污了钱。纪委的工作人员找钟羽谈话,让他拿出当时建桥的发票。可实在不巧,村委会被淹,这些发票在转移的时候,不知道放在了什么地方。

钟羽去找这家公司,可他们已经破产,早就不知所踪了。钟羽委屈,现在就是跳进黄河也洗不清了。吴涛也受到了牵连,这件事是他批的,也要负责任。

就在钟羽焦头烂额的时候,突然想起了一个大领导刘青杉。以前驻村的时候,刘青杉就住在钟羽家,和爷爷关系很好,每年春节,他都会来看望爷爷。爷爷之前带着钟羽去过刘青杉的家,现在只能找他帮忙,才能洗清自己的冤屈。

钟羽本想买点礼物,但他知道刘青杉为人刚正不阿,如果送礼,事情反而会不成,可空手而去,好像也不合适。钟羽想到刘青山喜欢家里的咸鸭蛋,就捡了几十个,这样也有借口上门。

钟羽刚到了刘青杉的家,看到吴涛在敲门,赶快躲了起来。吴涛进去后,不一会儿就出来了,看样子他也是来找刘青杉帮忙的。

等吴涛走远后,钟羽才进了刘青杉的家,把咸鸭蛋递给他："刘伯伯，爷爷很惦记你，让我来给你送点咸鸭蛋。"

刘青杉也不客气，接下咸鸭蛋，问了爷爷的身体状况，并让他留在家里吃晚饭。于是，钟羽就坐了下来。坐下后，他发现茶几上放着一个塑料袋，里面装着一棵人参。这不就是吴涛请同学从长白山买回来的野山参吗？他说花了不少钱，竟然是送给刘青杉的，看样子是下了血本。

吃饭的时候，钟羽对刘青杉说了烦恼事，请他帮忙。刘青杉乐呵呵地笑了："小羽，你别急，我先给你讲一个故事。你们蒲江县的魏了翁，你应该知道吧？"

钟羽肯定知道，魏了翁是南宋著名的理学家，官拜礼部尚书，还在蒲江开办了鹤山学院，文武双全，只要是蒲江人，肯定都知道。

"魏了翁为官的时候，为了老百姓，让朝廷拨款、百姓捐钱，修了一座桥。结果一场大水，桥毁了。魏了翁内疚，要引咎辞职，但朝廷不肯。他就自罚三年俸禄，官降一级。"

钟羽叹气："我比魏了翁还倒霉，桥垮了，还有人说我为了修桥贪污，现在纪委正在彻查此事，我是跳进黄河也洗不清了。"

刘青杉笑了："你为了修桥，把存款拿出来的事情，你爷爷早就告诉我了。我相信你的为人，也相信你没有贪污。但是咱们抛开这封匿名信的事情，就说修桥，你就没有一点错吗？"

"当然没错！这是天灾，桥被冲毁，我也没办法。"

"魏了翁说了，为官不力，就该引咎辞职。在修桥的时候，他就应该考虑到洪水的冲击力，把桥修得更结实。因为他的误判，害得大桥被冲毁，让白花花的银子付诸东流。他是修桥的负责人，有不可推脱的责任。就因为魏了翁敢于承认自己的错误，他才成为让百姓敬仰的好官。"

钟羽一直很委屈，现在听刘青杉这么一说，觉得很有道理。当时公司建议，把桥修得长一点，离河堤远一点，这样更牢固。可钟羽以为这是他们的套路，那样要多花好几万元，就缩短了桥的长度。结果暴雨把河堤冲垮，铁桥也被冲毁了。

"小羽，你放心，清者自清，纪委肯定会查清此事，你就回去等消息吧。"

既然如此，钟羽只能回家，但他越想越气。爷爷做了几十年的老支书，自己也是受了爷爷的影响才做了大学生村官，可没想到自己一片热心，却还有人告他。

钟羽准备辞职，但他必须先给村民道歉，给他们一个说法。于是便召开了村民大会，他在会上给大家道歉："对不起！因为我的误判，铁桥被冲毁了，我要引咎辞职。"

村民们知道，修桥的开支，钟羽做到了公开透明，还有人监督，他绝对没有贪污。村民便联名写信以证明钟羽的清白，这让钟羽很感动。

纪委的调查结果出来了，钟羽确实没有贪污。但是，因为钟羽的错误决策，铁桥被洪水冲毁了，他也因此受到了党内警告的处分。这个结果钟羽能接受，这是他应该承担的后果。

但吴涛就悲惨了，因为他监管不力，被党内严重警告处分。钟羽为他打抱不平，暗自问他："你不是给刘青杉送了人参，他竟然不帮你？"

"唉！别说那个老头子了，他吃了我的人参，我还挨训。"

钟羽没想到刘青杉竟然是这样的人，张口闭口为了百姓，竟然还受贿。钟羽咽不下这口气，就冲到了刘青杉的家，质问他："你说为官要清廉，可你为何还要收受贿赂？"

刘青杉大怒，拍桌而起："钟羽同志，我什么时候受贿了？你必须给我说清楚，不然我告你诽谤。"

钟羽也不是胆小怕事之人，抬起头，一脸正气地说："吴涛送了你一棵人参，价值两千多元，难道这不是受贿？"

刘青杉扑哧一声笑了："没想到这小子还下了血本，真是有孝心。"

钟羽迷惑了，刘青杉只有一个女儿，没有儿子呀。

"小羽,我前段时间做了手术,吴涛就买了人参,孝敬我这个老丈人,这不算受贿吧?"

钟羽惊呆了,刘青杉语重心长地说:"吴涛的处罚是有点重,但他是我的女婿,必须严惩。这样他以后才能长记性,为老百姓办实事。"

通过这件事情,钟羽也受到启发:清廉乡村,不只是为官清廉,还要认真办好每一件事,不让老百姓和国家受到损失。

蝴蝶绳

蝴蝶村地处深山，村民世世代代靠种庄稼为生。青壮年不甘贫穷都外出打工了，只剩下老弱病残在家留守。

周达是蝴蝶村唯一的大学生。他靠着不断努力，在都市有了一席之地。临近春节，周达给父亲打电话，准备把他接来。可父亲说："儿子，今年村里换届，要选举村主任，我给你报名了。"

周达矛盾了。当年他考上大学时，父亲病重，家里一贫如洗。就在周达想放弃学业的时候，是村里人伸出援手，给周达凑了学费，还轮流照顾瘫痪的父亲。

当时，周达跪在村口，当着全村老小发誓，等他学成就会报答大家的恩情。如今周达过上了好日子，可乡亲们还在受穷。想到当初的承诺，周达毅然回了村。

刚进村口，周达就看到又黑又瘦的李猴宝鬼鬼祟祟地进了老村主任家的小院。周达不喜欢李猴宝，因为他从小偷鸡摸狗，干了不少缺德事。

路过老村主任家的时候，周达紧盯着小院。他看到李猴宝把厚厚的一叠钱塞入了老村主任的手中。老村主任笑呵呵地接过钱说："你小子明年要努力多挣点钱了。"

老村主任五十出头，秃顶、黑牙、长期板着脸。周达讨厌老村主任。考上大学的时候，老村主任美名其曰召开村民大会，让大家为自己捐钱，可他自己却分文不给。你说有这样吝啬的老村主任，蝴蝶村怎么富得起来？

周达原本以为，只要自己回村，以自己的高学历，就能得到村主任的职位。没想到他还有一个竞争对手，而这个竞争对手竟然是靠着种植猕猴桃一夜暴富的李猴宝。

选举会上，年满十八周岁的村民，手里都捏着一张选票。李猴宝准备得十分充分。他先给大家发了种植猕猴桃技术的资料，然后才开始演讲："尊敬的父老乡亲们，如果我当选村主任，我就会大力发展猕猴桃种植，带领大家致富……"他说完后台下响起了热烈的掌声。

周达信心十足地走上台："乡亲们，你们想不晒太阳、不被雨淋、不远离父母妻儿就能挣到钱吗？"

村民们在台下哄笑："哪有这样的好事情？"

"乡亲们，我们现在是守着金山受穷。我已经联系好了开发商，要开发蝴蝶谷，吸引游客进来，让你们足不出户就能挣到钱……"村民们轰动起来，在台下窃窃私语。

周达说的蝴蝶谷，在原始森林中。每到化蛹成蝶的季节，蝴蝶谷里就有几千万只箭环蝶飞舞，如仙境一般美丽。要是蝴蝶谷开发旅游业，引来游客，那就真的是财源滚滚了。

投票一开始，场上就出现了一个有趣的现象。年轻人投周达的票，他们都想不劳而获；老年人投李猴宝的票，他们都想脚踏实地。唱票结束，两人旗鼓相当，竟不分胜负。

老村主任摸着他的秃顶，闪烁着他的小眼睛，说："乡亲们，我给他们出一场附加赛，等你们看了结果，再进行新一轮投票。"老村主任发话，大家都点头。

老村主任出的这道题有点怪，让他们做一根蝴蝶绳，却不给任何提示。周达急红了眼，迅速开动他的脑袋，可还是没有一点头绪，于是就把这个难题发到了同学群里。经过一番热烈讨论，大家都觉得只有想办法让老村主任漏题，周达才能获胜。可周达心里委屈，就是不想给老村主任送礼。

父亲虽然瘫痪在床，可好像很懂门道，天黑的时候对周达说："老村主任的身体不好，你给他送一只母鸡去。"周达不能违背父亲的话，只能提着母鸡，慢吞吞地往老村主任家走去。到了门口，他发现老村主任家的院门虚掩，李猴宝正在院子里粗声粗气地说话："您必须收下，这可是野生乌龟，最滋补身体了。"

老村主任笑了，把李猴宝拉进了屋。周达也悄悄摸进了院子。他看到老村主任端出一盘花生米、拿出一瓶二锅头，两人开始喝酒了。李猴宝敬了老村主任一杯："这些年全靠您老支持，我才能从当初的穷小子变成如今的有钱人……"

周达冷笑，村里那么多田地都被低价承包给了李猴宝。因为只有这样李猴宝才能大面积地种植猕猴桃，且又撞上了今年的好价钱。

两人边喝边聊，李猴宝微微醉了："这次竞选，周达是块硬骨头，我要想成功，必须靠老村主任帮助了……"老村主任哈哈大笑，豪放地喝光了杯子里的酒。周达看到这一幕把鸡丢在地上，气呼呼地跑了。

回到家中，周达生着闷气，老村长却提着鸡过来了。他对周达说："你家的鸡怎么跑到我家院子里来了？以后可要关好鸡笼了。"

父亲不知其中缘故，还傻乎乎地说："周达这孩子就是木讷，我让他送只鸡去给你补身体，他没对你说呀？"老村长听后脸色大变，匆匆走了。周达估计老村主任已经给李猴宝漏题了，就守在李猴宝家门口，看他怎么做蝴蝶绳。

第二天早晨，李猴宝睡眼蒙眬地提了一个口袋出门，周达紧跟其后。他看到李猴宝进了蝴蝶谷，从口袋里拿出网兜，不一会儿就捉了很多蝴蝶。

周达急了，他飞快地跑回家寻找工具。路过李猴宝家的时候，他看到李猴宝家的大门紧闭，而李猴宝却在院子里唱歌。周达好奇了，于是他悄悄爬上一棵大树，他看到李猴宝手拿一个大头针，上面穿着渔线，而渔线从蝴蝶的身体穿过。蝴蝶痛得扑扑乱动，实在残忍。

周达开始恨老村主任，没想到他竟然用这样的办法制作蝴蝶绳，真是残忍。周达脑筋一转，就想到了一个办法。他到了蝴蝶谷，不捉蝴蝶，却把那些快要破蛹的蝶蛹，连树枝一起折下,然后带回家中,用胶粘在一根长绳上。

村民大会上,李猴宝提着美丽的蝴蝶绳上台,一下就吸引了大家的眼球。周达也不示弱,他提着丑陋的蝴蝶绳,大大方方地上了台,人们看到后都哄笑了起来。

这时老村主任发话了:"李猴宝的蝴蝶绳,从外形上来看十分成功,但用大头针穿过蝴蝶的身体,实在残忍。而周达的蝴蝶绳,根本不算蝴蝶绳。从我的角度来看,李猴宝略胜一筹,你们可以自由投票了。"

李猴宝沾沾自喜,周达却不服:"我的蝶蛹还在蜕变,它终会变成飞舞的蝴蝶,形成美丽的蝴蝶绳。"

台下有人鼓掌,老村主任的脸色十分难看,他抹了抹额头的冷汗,说:"周达,你敢保证每只都是蝴蝶吗?你敢保证所有蝴蝶都能同时蜕变,形成美丽的蝴蝶绳吗?"

"我敢保证,你们就等着看好戏吧!"周达信心十足地回答。几分钟后,蝴蝶绳上的蝴蝶开始蜕变,有的已经探出身体,倒挂在草绳上。

老村主任的脸色变得煞白,他用双手捂住肚子,慢慢地走到蝴蝶绳旁,把一只刚刚蜕变的蛾子拿了出来。周达脸色大变,蝶蛹里怎么有蛾子?难道是老村主任变的戏法?

可现实把周达击垮了,有几只蛾子不争气地挤出了茧子。周达不服,他对着老村主任嚷嚷:"昨晚李猴宝提着乌龟去了你的家,你肯定漏题了。"

"我没漏题,那只乌龟我让李猴宝提回去了。虽然李猴宝制作的蝴蝶绳不算真正的蝴蝶绳,可他点题了,而你离题八千里,把蛾子当蝴蝶,简直是非不分,空读了这么多年的书。"

周达白净的脸一下就红到了耳根,他拍着桌子叫了起来:"除非你能制作出让我心服口服的蝴蝶绳,不然我就告你作弊。"

老村主任强压住心中的怒火,指挥周达:"你去端一盆水,里面放上半瓶酒,把一根草绳放进去。"周达按老村主任说的把草绳完全浸泡在盆子里。村民们窃窃私语，老村主任好像都没听到，他坐在竹椅上，闭目养神。

两个小时后，老村主任睁开了眼睛，他让周达提着绳子去蝴蝶谷。大家都好奇，于是就都跟在老村主任身后，要看稀奇。

蝴蝶谷里蝴蝶飞舞，周达按老村主任的吩咐，把浸泡透的草绳挂在树上。那一只只蝴蝶，都飞舞而来，贪婪地吸着草绳里的汁液，不肯离开。草绳上的蝴蝶越来越多，形成了长长的蝴蝶绳，成了一道最美丽的风景。

周达傻眼了，可他还要做最后的挣扎，他对着村民大吼："我刚回村，就看到李猴宝塞了厚厚一叠钱给老村主任，他肯定是想买官。我的话说完了，你们愿意选谁就选谁。"老村主任脸色铁青，冷汗直流："那是我借给李猴宝的钱，他来还我。"

"哼，你骗鬼呢。有种你就把借条拿出来，让大伙看看。"老村主任说不出话来，慢慢往后倒去。李猴宝狠狠地瞪了周达一眼，就抱着老村主任往蝴蝶谷外跑。周达闷闷不乐地回家，还收拾了背包。他对蝴蝶村彻底失望了，他要带着瘫痪的父亲进城。

可父亲不同意，他一直说着村里人的好，老村主任的好。他说这些年全靠老村主任，他才能撑下来。周达听了就来气："你是被老村主任骗了，他以前给你的钱，是政府给的低保。这些年照顾你的村民，老村主任都让我出钱了。他比周扒皮还吝啬，我去上大学，他分文没给，你还感激他做什么？"

父亲气得脸色铁青，大吼："孽子，你把脸伸过来。"周达不知道父亲要干什么，乖乖地把脸伸了过去。父亲不知道哪里来的力气，啪啪就给了周达几个大耳光："当年你读大学，我给了你一千元，对吧！"

"对呀！你说是一个好心人给的。"

"那个好心人就是老村主任，因为他怕老婆知道，就把钱给了我，让我千万别告诉你。不然你去感激，就穿帮了……"

就为这恩情，周达还是决定去看老村主任。病房里，医生正在训斥老村主任："去年就让你来做手术，怎么拖到现在才来？要是迟一步送来，你就没命了！"

"我去年准备好钱来做手术，可有人急需用钱，就拖到今年了。"

医生听后更加生气："还有什么事情比命更重要？"

老村主任不说话，李猴宝扑到病床前哭了："老村主任，您真不该把救命的钱借给我去种猕猴桃。要是你出了什么意外，我会自责一辈子的。"

老村主任笑了："你看我这不是好好的吗？"

周达推开病房的门，扑通一声跪在老村主任的病床前，他扇着自己的耳光："我真该死，是非不分。我不配当村主任。"

老村主任急了："这些年我虽然没犯错，可也没带领村民走出贫穷，我主动离职，就是希望选出好村主任，带领大家致富呀！"

"猴宝哥的思路好，要是他当村主任，带领大家种猕猴桃，就能富起来。"

"可你的旅游开发也不错，要是你和猴宝两手一起抓，村民们就等着过好日子了。"

村主任选举大会再次召开，李猴宝全力拉票："乡亲们，你们想迅速致富，快速过上好日子吗？那就请投周达一票。"选举结束，周达多票胜出，成了新村主任。

周达的眼泪流了出来，他也懂了蝴蝶绳的含义。村民就是蝴蝶，不能用针刺，不能用胶粘。只有考虑到村民的需求，才能把他们聚在一起，创造更好的明天。

匠人心

一堆泥土，一个转盘。一个戴着眼镜的年轻人，他的脸上、手上都是泥土。他把一个刚制作好的罐子，递给一位白发苍苍的老人："爷爷，你看行吗？"

老人接过罐子，看也不看，"砰"的一声摔在地上。年轻人有点生气："我不学了。"

各位朋友，你们肯定要问，这位老人是谁？他为何要发这么大的脾气？那我来告诉你们，他就是蒲江县甘溪镇明月村的张崇明老人。他做陶艺七十年，把手艺看得比生命还重要。

这个年轻人叫张学勇，是张崇明老人的孙子，1985年出生，是成都市的书法老师。从小受爷爷的熏陶，张学勇爱上了陶艺制作，还想做邛窑陶艺的传承人。

可是做陶艺就要吃苦耐劳，整天与泥巴打交道。这不，张学勇趁着周末，跟着爷爷学起了陶艺制作。不过爷爷的要求太高，张学勇花了半天工夫，好不容易才制作出一个满意的罐子，可爷爷二话不说，就把罐子摔烂了。

看到张学勇不服气地站了起来，爷爷也有点生气："你不是说要做我张家第五代传人吗？你以为做陶艺，就是捏泥巴一样玩耍？作为匠人，就要有匠人心，必须精益求精。想当年，我在地主家当长工，想学陶艺，可是师父们都怕教会徒弟，却让徒弟夺了他们的饭碗，就一个个都把手艺死死藏着。为了偷师学艺，我吃了很多苦。如今你守着我这么好的师父，还不知道专心学。"

爷爷偷师学艺的事情，张学勇早就听得耳朵起茧子了。那都是陈芝麻烂谷子的事了，爷爷老是拿出来教育人，一点新意都没有。

要说张崇明,他平时是很温和的一个人。可只要开始做陶艺,他就变成了严厉的军人。他对徒弟要求极严,只要有一点瑕疵,他就毫不留情地摔坏。

爷爷的倔犟,张学勇无法理解:不就是罐子底片有点薄吗!陶器现在都成了摆放的工艺品,又不会真的和过去一样装油盐,只要外观漂亮就行。

孙子的心思,张崇明当然知道。他让张学勇坐下,给他讲了一个故事。

话说那是20世纪60年代,老百姓穷得叮当响,吃了上顿没下顿,清油也因此变得无比金贵。

那时候,张崇明已是出了名的陶艺匠人,所以家里人都能填饱肚子,不用挨饿。

有一天,张崇明老人在窑厂制作罐子,一个瘦得皮包骨头的中年汉子冲了进来,二话不说,扬起拳头就给了张崇明一拳。张崇明眼冒金星,不知道哪股水发了,莫名其妙就挨打了。

就在张崇明迷惑不解的时候,汉子又扬起拳头,发出愤怒的声音:"你赔我的清油!"

张崇明这次有所防备,侧身躲开了,可心里更加糊涂了。这个汉子是不是疯了,让自己赔他的什么清油。

汉子很虚弱,两次出手已经用尽了力气,然后就瘫倒在地上。为了解开心中的疑惑,张崇明询问汉子:"你为什么要打我?"

汉子有气无力地回答:"我向你买了一个新罐子,装了几斤清油,一夜过后,清油全部都漏掉了。这是我家全年的油,你必须赔我,不然我就和你拼命。"

在那个饥饿的年代,清油的能量要抵很多粮食。可窑厂里又不是张崇明一个人做罐子,这个汉子凭什么说他买的罐子是张崇明做的?还有罐子易碎,汉子是不是在拿回家的路上磕坏了,导致漏了清油,所以才来敲诈张崇明呢?

为了解开心中的疑惑，张崇明跟着这个汉子去了他家。他家的桌上摆着一个新罐子，地上漏了很多清油。一个中年女人趴在地上，拿着菜叶，抹着地上的清油。

汉子有点生气，踢了女人一脚："这菜叶沾上了泥，还怎么吃？"

女人小心翼翼地把菜叶放在锅里："孩子们许久没吃肉了，这菜叶上沾了油，煮开后泥巴沉底，这汤就有营养了。"

张崇明有点心酸，这个罐子确实是他做的。弧形特别漂亮，就是底部有点薄。拿起罐子，里面的清油已经全部漏完了。罐子底部有一个针眼大的洞，不是碰裂的，而是烧制的时候底片太薄造成的。

为了弥补过失，张崇明把家里的清油都给了汉子。之后，张崇明家就用干锅炒菜，一年都没见过油星。

从那天以后，张崇明每做一个陶器都会检查很多遍。遇到一点瑕疵，他都会摔烂重做。因为他做的陶器，都是罐子、灯盏、杯子、碗之类的。这可都是平常百姓家常用的物件，万一出错，就会给别人带来损失。

正是因为张崇明精益求精的工匠精神，他做出的陶器，成了老百姓最喜欢的物件。

听完张崇明讲的故事，张学勇受到了极大的震撼。在那年代，一个破罐子竟然会给别人带来这么大的痛苦。

看到张学勇有所醒悟，张崇明语重心长地对张学勇说："不管做什么事情，都要有工匠精神。顾客就是我们的衣食父母，如果有一点马虎，就会丢了饭碗。以前陶厂的一个师傅，做什么事情都想将就，结果做出很多次品，被陶厂开除了。最后，他的三个孩子饿死了两个。"

爷爷的话，冲击着张学勇的心。如今改革开放已四十多年了，老百姓都过上了好日子，但是爷爷的工匠精神，应该和陶艺一起被传承下去。这可是无价之宝，要留给后人。

坐在转盘前，张学勇没有了浮躁。他抓起泥巴，放在转盘上，不停地转哪转。一个罐子做好，张学勇拿起来检查，发现罐口有点薄，他没有一点犹豫，就把罐子摔了，之后又拿起了泥巴继续做。在转盘前坐了十多个小时，张学勇的衣服已经被汗水浸透了，可他还在抓泥巴、做罐子。

这下张崇明心疼了："乖孙，你明天再做。这陶艺不是一天之功，那可是要日积月累练习才能找到手感，才能做出好的陶器。"

可张学勇没有停下，他用满是泥水的双手擦掉额头上的汗珠，又开始重复已经做了几百遍的动作。

天黑了，人静了，张崇明年龄大了，有点疲惫，就靠墙打起了盹儿。

"爷爷，你看这个罐子可以吗？"

张崇明揉了揉眼睛，拿起罐子，在灯光下仔细查看。"我张家后继有人了。"张崇明笑着说。

张学勇也笑了，难怪国家要搞非物质文化遗产传承，原来传承的不只是技法，还有千年不变的工匠精神。

猫太郎和少东家

话说蒲江县有一个箭塔村,箭塔村里有一个猫书记。你们肯定会问,有姓猫的人吗?那我来告诉你们,猫书记不姓猫,他姓伍,本名伍茂源,是箭塔村的驻村书记。

你们肯定会笑,既然姓伍,那就应该叫伍书记,为何叫猫书记呢?说起这个昵称,那就要说起少东家。你们肯定要问,这都什么年代了,哪里来的少东家?

说起这个少东家,他本名曾程耀,箭塔村人。20世纪90年代出生,大专毕业,以前是制药公司的维修工程师,网名山茶花舍少东家。

猫书记驻村时就住在山茶花舍,因为他网名猫太郎,少东家就戏称他为猫书记。没想到这一叫,猫书记的"艺名"就响彻了箭塔村。

别看猫书记个头不高,可他抱负却不小。他是四川大学的研究生,在市政协工作。为了乡村振兴工作,猫书记跑到箭塔村,当起了泥拐拐书记,整天与泥巴打交道。

猫书记书读得多,眼界也开阔,他知道要想振兴乡村,得先让村民脱贫致富。可这致富说起来容易,做起来就难了。猫书记查了很多资料,调查了市场行情,他发现人们都喜欢生态食品,而箭塔村正好有很多茶园,要是把土地改良一番,种植生态茶,肯定能带领村民脱贫致富。

猫书记兴奋不已,找了很多村民,要实践自己的想法。可村民一听说土地改良十分复杂,且茶树不能打农药,就都在摇头。

背地里,村民都说猫书记是一个文弱书生,种地不在行,让大家千万别听他的。

出师不利,猫书记受挫。恰好这个时候,少东家受了点伤,他的父母心疼不已,让他辞职回家。

就是这个机缘巧合,猫书记和少东家成了一对欢乐兄弟。对于猫书记提出的生态茶叶,少东家特别感兴趣。他在外读书,经常听到人们抱怨食品问题,这个不敢吃,那个不敢喝。要是做出一款生态茶叶,那前景肯定光明。

两个年轻人就这样一拍即合,为了生态茶,紧紧地团结在了一起。

要想做出生态茶,就要选种。猫书记和少东家研究了许久,最后选用了快要灭绝的老川茶。

说起老川茶,其实是土著茶树的合称,有着几千年的历史。老川茶有丰富的口感且还耐泡,不管制作绿茶还是红茶,都少苦涩,多甘甜。

村民现在种的良种茶,芽茶大,易采摘,经济效益高。而老川茶被村民淘汰,濒临灭绝。猫书记和少东家准备大干一番,让千年古茶焕发出新的生机。

因为常年施用化学肥料、打农药、除草剂,箭塔村土地越来越贫瘠。为了改良土地,猫书记请来台湾专家指导。

少东家的几亩茶园,在进行土地改良后,种上了老川茶。村民背地里都在说,猫书记瞎指挥,少东家肯定要吃苦头。

村民的话没有成为现实,老川茶在改良后的土地里生机勃勃。少东家按猫书记的指导,不打一点农药。可鲜茶叶采到市场上,价钱和普通茶叶一样。

茶商肯定识货,他们知道生态茶叶虽好,可是没有工厂专门收购,所以也就不会有人出高价了。

少东家受挫,猫书记心里难受。山茶花舍的主人、少东家的父亲曾祥云,一直反对少东家种茶。因为家里的农家乐生意好,让少东家辞职回家,就是想让他帮忙打理农家乐,而不是种茶。

本来就瘦的儿子,为了种茶,变得黝黑,还瘦了许多,让曾祥云很心疼。

家人的不支持，让少东家心里难受。猫书记给少东家鼓气道："你自己做茶，肯定能卖出好价钱。"

在这之前，猫书记一直在研究红茶，他就想做出一款箭塔村特有的红茶，这种茶要散发出甘甜和花香。

对于猫书记提出的建议，少东家肯定同意。可少东家读书出来后，就在外工作，别说做茶，就连农活儿都没做过。猫书记又给少东家鼓气，说："小孩子都能从零学起，你肯定也行。"

就这样，少东家从白面书生，变成了黑脸农民。他白天采茶，晚上做茶，忙得不亦乐乎。但是做茶，比少东家想的要难，不是茶叶炒焦了，就是茶叶揉碎了，小小茶叶，就是不听他的使唤。

再说猫书记，他是驻村书记，村里事情多。他要开展社区营造的事情，可村民都不支持，工作进展缓慢，这让他十分烦恼。

只有晚上猫书记才能和少东家聚在一起，研制带有花香和甘甜的红茶。猫书记示范，少东家在旁边学习。两人经常熬通宵，看着彼此的黑眼圈开着玩笑。

功夫不负有心人，少东家终于做出了一款颜色红润、味道甘甜，且带有花香的红茶。他们高兴得又闹又跳，吵醒了曾祥云。

对于儿子创业，曾祥云不是不支持，他就是看着儿子受苦，心里难受。你说这白天黑夜地采茶做茶，要是累出病了怎么办？

曾祥云披着衣服起来，当场给两个年轻人泼了冷水："你们别高兴得太早，茶叶做出来了，能不能卖出去还不知道呢。"

猫书记信心十足，这么好的茶叶，肯定有人喜欢。两人商量着给红茶起名。还是猫书记有主意，他说："红茶在山茶花舍诞生,那就叫花舍红,也契合红茶的颜色和味道,花香醉人,颜色红润。"

猫书记给这款红茶每斤定价千元以上,从市场价来看,这么好的生态茶,价格已经很低了。可因为宣传不到位,这款红茶无人问津。

少东家又受挫,茶叶做出来没人买,那这茶叶还做不做?茶农们都知道,春茶最好,如果错过季节,茶叶会变得苦涩,就很难做出高品质的茶了。

既然是自己选择的路,就是咬着牙关,也要走下去。从此,少东家变得沉默寡言,就只是不停地揉茶、做茶。

看到儿子如此坚定,曾祥云既心疼,又迷茫:儿子选择的这条路走得通吗?

都说父亲是最爱儿子却又不善表达的人。曾祥云就把心里的爱都做在一道道菜里,给儿子最好的生活保障。

为了少东家的花舍红,猫书记花了不少心思。他逢人就宣传,还发动朋友带了几位外国友人到山茶花舍品茶。

当茶叶在杯子里舒展开来,汤色红润,散发出一股诱人的甘甜和花香时,外国友人迫不及待地喝了一口,然后就竖起了大拇指。

少东家带着外国友人采茶、做茶,讲述箭塔村的茶文化。外国友人赞不绝口,临走的时候,把少东家做的茶叶全部买走了。

终于打开了茶叶的销路,少东家和猫书记高兴不已。更让他们惊喜的是,外国友人回国后,又下了订单。

曾祥云没想到儿子做的茶叶,连外国友人都喜欢。于是他偷偷早起,去地里采茶。

茶地里,父子相遇,少东家有点紧张。曾祥云笑了,他对儿子竖起了大拇指。这一刻,少东家想哭,他终于得到了家人的认可。

猫书记的社区营造工作也有了突破性的进展。箭塔村的返乡青年都拧成一根麻绳，亲如一家，资源共享，共同致富。

猫书记完成了驻村任务，就要回成都了。村民心中不舍，很想用绳子绑住猫书记，因为只要他在，村民就有了主心骨，不管干什么都有劲儿。

少东家给了猫书记一拳："你这家伙用了猫猫忽悠法，让我做了老农民，要是你回到成都，以后谁陪我熬夜做茶？"话没说完，少东家哽咽了。

猫书记泪眼蒙眬，也给了少东家一拳："虽然我回了成都，但是我的心已经留在了箭塔村。"

给寡妇扶贫

　　三间破烂的红瓦房，收拾得整整齐齐，院子里长满了花花草草。李局长闻着满院子的花香，怎么也想不明白，眼前这个穿着整齐、精明能干的中年妇女，怎么就成了村里最贫穷的人。

　　中年妇女名叫张爱英，才四十八岁头发却全白了。说起来张爱英也是个苦命人，年纪轻轻就守了寡，好不容易把儿子拉扯大，可儿子因为抢劫进了监狱。张爱英所有的收入来源就靠那一亩二分田。

　　李局长是扶贫攻坚组的组长，他的任务是在一年内帮助张爱英脱贫。为了全面了解张爱英的生活，李局长每逢周末就到张爱英家蹲点。

　　张爱英每天早上起床，就先去管理她的花花草草，再到庄稼地里干活儿。她种的粮食和蔬菜都自己吃了，如果不是有点低保金，她连盐巴都买不起。李局长劝说张爱英："你可以多种点菜，拿到街上去卖。"

　　"那多丢人，我长这么大，还没卖过东西。"

　　"那我给你买点小鸡苗，你靠养殖致富。"

　　"喂鸡特别脏，我看着就恶心。"

　　李局长心里来气："你既怕脏，又怕丢人。难道你就不能为你儿子想想？他还有三年就要出狱了，回家吃什么？拿什么娶媳妇？"

　　李局长的话直戳张爱英的痛处。她的眼泪哗哗地往下流："李局长，我也想挣钱，可我都这么大年纪了，又没有一技之长，出去打工也没有人要。"

　　"那你想不想靠着双手致富？"

　　"肯定想了，我做梦都想。可我就是一个农家妇女，哪里有能力挣钱?"

"你有能力的,要相信自己。"

"请李局长给我指一条道,不管多苦多累,我都会坚持下去。"

李局长之前到张爱英的庄稼地里看过,她种的玉米都要矮别人一截。家里就一头猪,还饿得瘦骨嶙峋。那她的一技之长是什么呢?

就在李局长发愁的时候,张爱英又去管理她的花花草草了。李局长眼前一亮:"你种的花不错,开得很娇艳。"

"自从儿子进了监狱,亲戚朋友见了我就躲,生怕沾上我这个穷亲戚。邻居见了我都在骂,说我儿子以前偷了他们不少东西。如果不是为了儿子,我真不想活在这个世上,还好有这些花花草草陪着我……"

张爱英把多年的苦水都倒了出来,听得李局长泪眼蒙眬:"张婶,这些年你受苦了,我已经想到办法帮你致富了。"

"什么办法?"

"你选一种花,种在庄稼地里,然后拿到市场上销售。"

张爱英半信半疑:"这行吗?"

"肯定行。我保证你一年脱贫,三年就能过上幸福的好日子。"

在李局长的帮助下,张爱英选了最好栽种的食用玫瑰。这种食用玫瑰身上有很多刺,花朵不是很娇艳,但能发出一股奇异的香味。不但能观赏,还能食用,是玫瑰月饼的原材料。

种花本来就是张爱英最喜欢的事。她有着丰富的养花经验,于是就一心扑在食用玫瑰上。没过多长时间,一亩二分地里就开满妖艳的鲜花。张爱英大着胆子,把摘下来的食用玫瑰拿到街上去卖,可无人问津。

周末,李局长又来蹲点,看到田里的玫瑰花很多都枯萎了,就责备张爱英:"你怎么不把食用玫瑰采去卖?"

张爱英拿出一个筐子,里面都是发霉的花朵。

"你先把盛开的花朵采下来晒干,我去帮你找市场。"李局长采了几朵食用玫瑰，火急火燎地赶到食品厂。赵厂长看到食用玫瑰就惊讶了："你从哪里采来的花，这么香？"

"你们需要食用玫瑰吗？"

"当然需要了。我们每年都会去云南收购。"

"如果我们自贡有食用玫瑰，你买不买？"

"如果和你手里的一样香，你就是拉一车来，我都要了。"

李局长大喜，把赵厂长带到了乡下。赵厂长看着张爱英的食用玫瑰，就皱起了眉头："你这点玫瑰太少了，我没法批量生产，制作成月饼馅。"

"这还不简单，我们马上加大种植面积，为你提供原材料。"

"那等你有五十亩食用玫瑰的时候，我们再签合同吧！"

送走了赵厂长，李局长看到了希望。他想让张爱英承包五十亩田地，进行食用玫瑰的种植。可张爱英发愁："眼前的花都没卖出去，我没信心再种五十亩。"

李局长又采了几朵食用玫瑰进了城。这次，他去了一个大酒店，客房有木桶花瓣浴，肯定需要这种香气袭人的玫瑰花瓣。果然，大堂经理闻到玫瑰花香，就要李局长每天都送新鲜的玫瑰花瓣来。

有了酒店的合同，张爱英的食用玫瑰卖了好价钱，她的信心大增。在李局长的帮助下，她做了小额贷款，并承包了五十亩田地用来种植食用玫瑰，同时也与食品厂签了合同。

三年后，爱英玫瑰园里鲜花盛开，游客们自采自摘，悠闲玩耍。工人们忙碌地采摘玫瑰花，然后送到食品厂。张爱英感慨万千，是李局长的无私帮助，让自己找到致富之路的。

"妈妈。"

张爱英激动地转身："儿子，你怎么出来了？"

"这要感谢李局长，他经常去看我，还把你满头白发的视频发给我看。我一心悔过，好好表现，就提前出狱了。以后，我再也不让你受苦了。"

"李局长真是好人，不但帮我脱贫致富，还给你的心也脱贫了……"

千家锁

沙漠边缘有一个团结村,常年干旱,雨贵如油。主管自来水站的管理员,手中就拥有了无限权力。阎三得了这个肥缺,就变着法子在水上做文章,钱就哗哗地流进了他的口袋。

最近,阎三遇到烦心事了。他三个月大的儿子,每到半夜就会啼哭,还瘦得皮包骨头,去了很多医院,就是治不好这个怪病。阎三中年才得子,这个儿子就是他的命根子。最后,他只能病急乱投医,找到了算命的周瞎子。

周瞎子晃动着小脑袋,掐指一算:"你儿子命硬,必须吃千家饭,穿百家衣,戴千家锁,方能祛病化灾。你带着儿子,遇人就要乞讨,用要来的钱去老银匠那里打一把千家锁。因为老银匠是福星转世,只有他打的千家锁,才能庇佑孩子,让他健康成长。如果换成别的银匠,那会犯了冲煞,要了孩子的命。"

为了儿子,阎三顾不得面子,背着儿子就出门了。刚走不远,他就看见了胡婶。前年胡婶嫁女,阎三以清洗水池为由,就是不放水。胡婶和阎三大吵一架后,还是给了三百元钱,屈服于阎三这个"水司令"。

如今,要对胡婶乞讨,阎三张不开嘴。可想起周瞎子说的话,要是遇人不乞讨,或者对方不给钱,那儿子就会命悬一线。为了儿子,阎三豁出去了。他强装笑脸向胡婶走去,伸出右手说:"胡婶,给我一点钱,我给儿子打千家锁。"

胡婶冷笑:"没钱。"

阎三急了,他指着背上瘦得皮包骨的孩子说:"胡婶,前年是我错了,不该为难你。请你看在孩子可怜的分上,给点钱吧!一角两角都行,就算为孩子祈福。"

胡婶是刀子嘴豆腐心，看着孩子可怜，就心软了。于是掏出一个小布包，里面只有两张百元大钞。胡婶想了想，摸出一张递给阎三。

阎三接过钱，手在颤抖。胡婶靠编筐挣钱，这一百元钱要编多少个筐！胡婶看阎三还在发呆，说："我家两口人，你记在本上，一定要算好，千家锁要到千人才灵。"阎三看着胡婶走远后，在小本上写下了"正"字的前两画。

阎三背着儿子继续往前走，就看见李大伯拿着大烟杆，哼着不知名的戏曲，迎面走来。

阎三的心揪紧了，去年李大伯七十岁，儿女都来拜寿。阎三趁机停水，可李大伯就是不去求阎三。他把儿女都赶回了家，饭也没吃，黑灯瞎火地在院子里坐了大半夜。当时，阎三还骂李大伯是守财奴，竟把日思夜想的儿女都赶走了。

担心自己就算是乞讨，这个"铁公鸡"肯定也一毛不拔。可这时背上的儿子哭了，阎三知道必须有人添福才行，就向李大伯走了过去，伸出了右手。

李大伯呆了呆，看着阎三背上正在哭泣的孩子，从身上摸出一个脏兮兮的塑料袋，在里面找了几遍，就是没有一张零钞。阎三傻眼了，知趣地走开了。没想到李大伯竟追了过来，把一百元钱塞进了孩子胸前的小红包里。

阎三知道李大伯家有八个人，就在本子上一笔一画地画着"正"字。这时，儿子在背上也不哭了。

一路向前，阎三的心里堵得慌，心想：村里的人都不计前嫌，往儿子的红布包里塞钱。奇怪的是，他们的钱包里都只有百元大钞，难道是想讨好我这个"水司令"？

团结村走完，阎三的本子上已经有了两百个"正"字，刚好千人。可那红布包里的钱多得吓人，阎三数了数，不多不少，正好两万六千六百元，真是一个吉利的数字。

拿着这么多钱，阎三实在舍不得拿给老银匠。可周瞎子说了，乞讨来的钱要一分不少地交给老银匠。如果少了一张钞票,他儿子就没得救了。

为了儿子,阎三拿着钱去找老银匠。可老银匠家破烂的土屋里没人,阎三只好往沙漠边走去。这个老银匠简直是个怪人,家里穷得叮当响,却天天去沙漠边栽树,说要阻挡风沙。老银匠也不想想,自己都七十多岁的人了,还能活几年?真是一个大傻瓜。

远远地,阎三就看到老银匠在沙漠边栽树,搞得满身都是沙。阎三懒得往前走,就大声叫起来:"银匠叔,给我儿子打一把千家锁。"老银匠抬起头看了阎三一眼:"不打。"

阎三急了,走了过去,把那两万多元钱丢在老银匠的面前,趾高气扬地说:"只要你给我儿子打千家锁,这些钱就都是你的了。"

老银匠一言不发,继续栽树。阎三暗叫不妙。去年,老银匠的老伴去世了,阎三也以清洗水池为由为难老银匠。当时老银匠什么话也没说,转身就走了。阎三以为老银匠舍不得钱,就把水全放到自家的庄稼地里了。

结果老银匠拿来了钱,水池里却没水了。老银匠憋了半天,放出狠话:"你会遭报应的。"

为了儿子,阎三扑通一声跪在老银匠的脚前,说:"求求您,救救我儿子!"

老银匠冷哼:"我不是医生,你别求我。"

可阎三就是不走,还死皮赖脸地跟着老银匠回到家里。阎三的儿子可能饿了,在他背上不停地哭。老银匠心软了,答应给阎三打千家锁,而且只收三百元钱。可阎三无论如何都要把这些钱全给老银匠。

老银匠生气了:"我干了一辈子银匠,老少不欺,你别毁了我的清誉。"说着就把阎三推走了,坚决不给他打千家锁。

半夜,儿子又哭了。阎三心里急呀!这个老银匠就是一头倔驴,从不多占别人一分一厘,连捡到的钱也非要找到失主。

想了一夜,阎三就打起了老银匠孙子的主意。他今年考上了大学，就是没钱去读书。本来可以贷款读大学，可孙子就是放心不下多病的老银匠，就放弃了这么好的机会。

阎三心里开始盘算起来，要是自己悄悄地去给老银匠的孙子交了学费，在外面租一间房，这样老银匠的孙子既可以读书，还能照顾爷爷。这些钱也花在了老银匠身上，也算没有违背周瞎子的话，算是为儿子祈福了。

说办就办，刚好阎三的姐夫就在这所大学当教授，很快就办妥了这件事，还为老银匠的孙子争取到了贫困生的助学金。

阎三的姐夫开着小车，来接老银匠和他的孙子去学校。老银匠感动得直哭，从口袋里掏出一把千家锁，挂在了阎三儿子的脖子上，说："你那天走后，我想到孩子可怜，就打了这把千家锁。但你别迷信，还是去医院给孩子看病吧！"

周瞎子在人群里笑了："孩子没病，只要挂了千家锁，保证不哭，但阎三今晚必须陪着我。"

阎三在周瞎子家一直坐到天亮。这时，阎三他老婆高兴地跑来说："儿子昨晚没哭。"

阎三笑了，摸出一叠钱递给周瞎子，说："你真是活神仙，治好了我儿子的病。"

周瞎子哈哈大笑："你儿子本来就没病，是你有病。你深更半夜去扭动那生锈的阀门，搞得如鬼一般号叫，连我这个老头都被吓醒失眠，更别说你那儿子了。"

阎三的脸红到了耳根。原来，今年干旱，阎三竟关了水池的阀门谎称没水，害得村里人到外地去拉水。阎三却每日半夜偷偷起来，给那些塞了红包的人家放水。

可阎三还是想不明白，周瞎子当初明说就行，为何要绕这么大的一个圈子呢？

周瞎子仿佛知道阎三的心思："老银匠一生都扑在栽树上，花光了所有积蓄，我们村才有了那上万棵树的防沙林，日子也好了起来。大家都记得老银匠的好，在他孙子考上大学后，都凑了份子。可老银匠就是倔，说他老了无法还大家的人情，坚决不收。刚好你来算命，我就想到了这条妙计，对村里人一说，大家都支持。"

阎三现在明白了，难怪大家都给儿子百元大钞，原来不是怕自己这个"水司令"，而是想帮老银匠呀！

阎三的脸羞得通红，跑到水池边，打开阀门，对着村里大喊："放水了！放水了！一家一桶水，不能多放呀！"村里人都笑了，接满一桶水后，都自觉地关了水龙头。

三 青春励志

名贵相机

周波路过一个小镇,见路边一辆小货车上装满了翠绿的西瓜,便停了车,拿着挎包走过去挑西瓜。

卖西瓜的是个胖女人,待周波挑好一个小西瓜,就想问一下,是否要把西瓜切开。可周波懒得和她说话,付了钱拿起挎包和西瓜回到自己的车边,从包里拿出一把小刀,几下就把小西瓜的皮削成了长条,盘在西瓜底部。接着他又在西瓜肉上划了几刀,西瓜便如一朵美丽的玫瑰花绽开了。周波一边吃着西瓜,一边欣赏着山里的美景。

吃完西瓜,周波来到小溪边洗手,才发现手上的相机不见了。一拍脑门,坏了,一定是刚才选西瓜的时候把相机落在小货车上了!周波赶忙往回跑。

胖女人正在小货车前数钞票,见周波匆匆而来,刚要问,周波先开口了:"老板,你看见我的相机了吗?"

胖女人肯定地说:"没有。"

周波不相信,到处去找,那个女人也在帮忙找。可周波看着她躲躲闪闪的眼神就认定她有问题,说:"老板,你只要把相机还我,我给你100元。"

胖女人的脸红了:"我真的没有捡到相机。"

那个相机可是1万多元买来的,周波只好加码,一直加到了500元,可胖女人只是一直摇头。最后她急了,擦了擦额头上的汗珠,稳了稳情绪,大声说:"我真的没有捡到相机,你不要拿钱来羞辱我们乡下人。"

胖女人急了,脸红到了耳根,分明是做贼心虚的样子。周波又发现她的身体慢慢地往一个筐子边移,就仔细看了看,发现筐子里露出了一条黑色的相机带。他突然冲过去一拉,相机就从花花绿绿的塑料袋中飞了出来。

胖女人恼羞成怒地抢过相机，紧紧地抱在怀里说："这是我的相机。"

周波冷笑一声："你知道这是什么相机吗？这么名贵的相机，你这个乡下女人买得起？"

谁料胖女人不但说出了相机的牌子和型号，连价钱也说得差不多。

周波愣了愣，就想上前抢回自己的相机。那个女人更急了，大声喊："老公快来，有人抢我相机！"

一个黑大汉从不远处冲出，他一把推开周波，问："你干什么！"

周波看他那凶样，有点害怕，结结巴巴地说："我的相机刚……刚才掉在这里了，谢谢这位大姐帮我捡到。"

黑大汉看了一下女人手里的相机，气呼呼地说："这是我家的相机，如果你要，那就拿13800元，少一分也不行。免得这娘儿们天天捣弄相机，也不专心卖水果。"

周波知道自己遇上敲诈的人了，但自己人生地不熟，硬要肯定不行，便悄悄拨了110。

警察很快来了。周波和胖女人都说相机是自己的，警察就让他们说出相机的特征。周波胸有成竹，说相机里有自己拍的三张照片，都是风景照。

警察打开相机，看了里面的照片，点点头，对胖女人说："不错，相机是这位先生的。"

胖女人不相信，激动地翻动着照片，看着看着，脸色大变，惊慌失措地说："你变的什么戏法，怎么把我的照片都换了？"

周波抢过相机，鄙夷地说："不要装了，让人看了很恶心。"

黑大汉也要上来抢相机，被警察拦住了。为了防止意外，警察把周波护送上了车。

周波开车跑了一程,看后面没有人追来才停下车,拿出背包,准备把相机装在相机套里。

可当他拿出相机套时,一下就傻眼了,里面装着一台一模一样的相机。他仔细回忆,终于想起来了。原来,自己选西瓜的时候,把相机放在西瓜车上了,而称西瓜的时候,看见相机竟然在筐子里,想也没想就拿了放进包里。原来是自己错拿了胖女人的相机。估计那个胖女人也把西瓜车上的相机当作是她的了,直接又放回了筐子里。

周波很好奇,一个卖水果的乡下女人,怎么也玩名贵相机?他忍不住打开她的相机,见里面存有不少照片。其中一张照片吸引了他。那是一个穿着朴素的少年,正在给满头白发的妈妈买喜羊羊玩具手机。妈妈脸上露出顽皮的笑容,充满了童真。周波在贴图论坛里看过这张照片,标题是"我那返老还童的妈妈",署名好像是"飞舞的梦想",难道这个胖女人就是"飞舞的梦想"?周波急忙往回赶。

西瓜车前已围满了看热闹的人。周波挤进去,胖女人正在哭,黑大汉在大声地骂:"你这臭娘儿们就是欠揍,让你去买衣服、买首饰,可你就要买相机。我缠不过你,花了1万多元给你买了新相机。我说了多少遍,让你不要把相机带到街上来,可你就是不听,偏要带上,说是要拍下精彩瞬间。现在倒好,相机被人偷了,还被警察训了一顿,说我们见财起意,要敲诈别人。你也该醒醒了,你就是一个卖水果的女人,不要做摄影师的梦。"

胖女人擦干眼泪,说:"卖水果的就不能有自己的梦想?"

周波赶紧拿出相机递给胖女人,说:"对不起!是我刚才错拿了你们的相机。"胖女人一惊,赶紧接过相机,打开一看,脸上顿时露出了开心的笑容。

周波忍不住喊了一声:"飞舞的梦想!"

胖女人傻傻地望着他。周波笑了:"我是'阳光小子'。"

胖女人兴奋地喊道:"你就是贴图的'阳光小子'呀!谢

谢你教了我那么多的摄影技巧。我还有很多的照片，你帮我看看。"

周波看完胖女人的照片，每一张都没有经过修饰，但都能打动人心，触动心灵。

生命的力量

冉童今年 19 岁，是一个残疾人，要拄着拐杖才能行走。有一天，冉童在网上看到一条招聘信息：

成都大富豪酒店招一名洗碗工，年龄 18 到 25 周岁，男女不限，脚有残疾者优先，联系人：董先深……

冉童看着招聘信息就笑了，要是能得到这份工作的话，就能减轻妈妈的负担。带着忐忑的心情，冉童穿得整整齐齐，按响了 302 的门铃。开门的是一个微微发福、气度不凡的中年男子。他自称是董先深，扶着冉童进了屋。

屋里有一个黝黑的男子，他一言不发，把一台摄像机放在三脚架上固定，并进行调整。董先深问黝黑的男子："小希，可以了吗？"小希做了一个 OK 的手势，董先深就开始问："你叫冉童吧！今年多大了？"冉童阳光地笑了："我今年 19 岁。"

"你身有残疾，为什么还要出来工作呢？"

"我是堂堂男子汉，也想和正常的孩子一样挣钱，孝敬父母……"董先深有点感动，对着里屋大喊："孙医生，你出来给冉童检查一下身体。"

孙医生穿着白大褂出来，对冉童进行了常规检查后，说："三天后才能出结果。"董先深让冉童回家，等候通知。

几天后，董先深开着豪车，把冉童接到了成都。穿过酒店的厨房，冉童被带到了一个封闭的房间，里面有三个水池，一把能升高旋转的椅子。董先深交代："你要先洗碗，然后漂清，最后消毒。"

冉童按要求仔细地洗碗，虽然很累，但很开心。可奇怪的是，小希他的摄像机一直对准自己，不知道要干什么。接下来的一个月，都是冉童洗碗，小希摄像。到了月底，冉童拿到的工资全部寄回了家。董先深对冉童的表现很满意，邀请他到家里玩，车上还坐着孙医生。

豪车一路往东，在一栋别墅前停下。董先深拉着冉童的手，带着他到了一个大房间。屋里没有灯，还挂着漆黑的窗帘。一个脸色苍白的少年坐在地板上，用毛毯盖住了下半身，如雕塑一般看着电脑。冉童探过头去，看到了自己洗碗的画面。

"儿子，这是冉童，你和他一起玩好吗？"少年不说话。孙医生走了进来："董润，你该抽血化验了。"董润毫无表情地伸出手，孙医生的针头就扎了进去。

董先深把冉童留在房间："董润和你同龄，你和他多聊聊。"房间的门关上，冉童放下拐杖，坐在董润的身边，问："你生病了吗？孙医生怎么给你抽血？"董润抬起头，缓缓地说："我已经无药可救了，可爸爸还想利用你治好我的病。"

"你什么地方有毛病？"

董润诡异地笑了，摸着胸口说："心，我的心坏了，爸爸想把你的心换给我。"冉童吓坏了，脑海里立即浮现出心脏被摘的画面。冉童拄着拐杖赶紧往外面跑。小希也不知道发生了什么事，扛着摄像机就追了上去。冉童跌跌撞撞地跑出别墅，还沿着公路往前跑，试图拦住过往的车子。可那些车子都没停下，都无情地开走了。

一辆豪车开来，冉童伸出手，却看到了董先深的脸。冉童吓坏了，沿着公路滚下小斜坡，落进了一个泥潭里。小希追来，扛着摄像机站在冉童前面，然后又慢悠悠地后退，拍着冉童拼命往上爬的样子。

不一会儿，董先深就来了。他堵住冉童的路，问："你怎么跑了？"冉童说："你的儿子和我一样大，你很爱他，对吗？"董先深点头。

"我的父母比你老，他们很爱我，要是我死了，他们也不会独活。"

"我理解，我和你父母一样，为了孩子，可以牺牲自己的生命。"

冉童绝望了："可你不能用我的性命去换你儿子的命呀！"

"董润对你说了什么？你是不是误会我了？"

冉童抓起一块尖尖的石头对准自己的胸膛："董润什么都说了，你们要用我的心换他的心。看来我是跑不掉了，求求你别把我的死讯告诉妈妈，每个月给她寄 2000 元，说我过得很好。不然我就砸烂自己的心，让你无法换给董润。"

董先深流泪了："你是一个好孩子，要是董润和你一样懂事就好了。"原来，半年前董润出了车祸，双腿膝盖以下都被截肢。自此，董润就陷入了自闭中，总把自己关在屋里不出来。于是董先深就想找一个和董润一样的残疾人，把阳光的一面拍下来给董润看，让他燃起新的希望。

冉童被深深的父爱感动，跟着董先深回到别墅，想劝一下董润，可董润就是不开门。回到酒店后，冉童每天都开心地洗碗，还对着镜头诉说着自己的梦想。他希望自己的快乐能感染董润，让他走出阴影。

几天后，董先深又带着冉童去了别墅。灰暗的大房间里，董润坐在床上，膝盖下的裤腿空荡荡的。他指着冉童说："我再也受不了你那小丑般的表演了。如果不是爸爸想利用你来开导我，就凭你这双腿，肯定找不到工作。还敢说你的梦想，你的未来！"

董先深赶忙解释："冉童和别的洗碗工洗同样多的碗，拿一样的工资，他并没有因为是残疾而少干活儿。儿子，你的心要阳光起来，没有了腿，你一样可以生活，一样可以追求自己的梦想。"

"哈哈哈，我连看阳光的勇气都没有，还怎么去见人？"

冉童走到窗边，拉开厚重的窗帘，说："咱们的身体残疾了，可心不能残疾。为了深爱我们的父母，我们该乐观地活着。"

董润捂住眼睛大叫:"快关上窗,我害怕!"

"有本事,你自己爬过来关窗,不然我要把阳光照进你心里去。"董润不说话了,好像受到了触动。

冉童流着泪说:"我曾经也自暴自弃,还想到了自杀。妈妈带着我去种蒜,把那些最小最弱的蒜选出来,密密麻麻地种在了一起。她还说,我和那些蒜一样,只要向着阳光生长,就会发生奇迹。结果到了秋天,那些细小的蒜都长成了独蒜,比一般蒜的价格高了几倍。"

董润突然醒悟:"那些细小的蒜就和我们残疾人一样,看起来十分瘦弱,可要是团结在一起,就会发生奇迹,实现我们的价值。"

四 家长里短

特别的赌局

幸福小区里有一个老顽童,名叫楚乾坤。他小眼睛,大蒜鼻,络腮胡,还幽默风趣。楚乾坤有一嗜好,就是喜欢赌博。但他的赌博很特别,既不输钱,还能增加乐趣。

楚乾坤最喜欢赌三高,即猜高血压、高血糖、高血脂的指数。为了方便赌博,楚乾坤还准备了血糖仪和血压计。小区里的老人们都喜欢和楚乾坤赌博,输家要装狗叫,还要围着小区跑一圈,惹得一帮小屁孩跟着输家跑。

别看楚乾坤在外面玩得欢,可只要一回家,他老伴就没给过好脸色。

这一切还要从三年前说起。他们的儿子在一家外企上班,近期要被调回美国总部。这本来是好事,升职加薪,孙子还能到美国读书。可老伴就是不答应,她把儿子的证件锁在房中,不准他去办出国手续。

儿子很生气:"妈妈,为了这个职位,我付出了很多心血,好不容易才争取到这个机会,你应该支持我。"

"不是妈妈不支持你,是我舍不得你,更舍不得孙子。只要一想到你们要走那么远,我就会哭……"老伴说着说着就哭了。儿子满怀希望地盯着楚乾坤,可他却保持中立,一个人玩手机,就是不说话。

屋子里死气沉沉,老伴又不准楚乾坤出去玩。楚乾坤"赌瘾"发作,想到了一个好办法:"你们一直这样僵持也不是个办法,不如你们赌一局,儿子赢了就出国,输了就在家。"

老伴和儿子都找不到解决办法,只能勉强答应。楚乾坤喜滋滋地跑进里屋,拿出几颗了旋豆子。这旋豆子是树上的一种果实,只有拇指那么大,如圆锥状。只要在上面插上一根竹签,用手使劲一扭,这旋豆子就会旋转起来。

这旋豆子曾经是楚家的镇家之宝,每到洗碗的时候,楚乾坤就拿出来玩,谁输了谁就洗碗。楚乾坤给自己的旋豆子起名"楚霸王",寓意战无不胜。老伴的旋豆子取名"虞姬",意思是英雄难过美人关。儿子的旋豆子取名"刘邦",意思是不管楚霸王多么厉害,最后还是会败在刘邦手里。你别说这名字取得还真好,儿子和老伴就经常赢,楚乾坤洗碗的次数最多。

现在,楚乾坤把珍藏多年的旋豆子拿出来,大家都感觉特别亲切。儿子提议:"一盘定输赢。"老伴不答应:"我很久没玩旋豆子了,没你灵活,咱们三局两胜,给彼此一个机会。"

儿子点头答应,拿起了自己的"刘邦",老伴的手有点颤抖,拿起了"虞姬"。楚乾坤兴奋地大叫:"第一局,开战。"儿子和老伴同时扭动旋豆子,"刘邦"转得很欢,"虞姬"却有气无力,一会儿就败下阵来。

"第二局开战,老伴你可要沉住气了。"老伴点头,来了一个深呼吸,和儿子同时扭动旋豆子。这次"虞姬"转着优美的舞姿,而"刘邦"却栽了一个大跟头,败下阵来。

第三局很重要,儿子和老伴都捏着旋豆子,脸上都是一种必须赢的表情,这让得楚乾坤手心发痒:"儿子,我也要参赛,你必须赢了我们俩,才能出国。"儿子强烈反对,楚乾坤不开心了:"如果你不让我玩,那我就不同意你出国。"

儿子没办法,只能点头答应。三个人拿起旋豆子,楚乾坤大喊:"一——二——三!开始!"大家都铆足了劲儿,旋豆子同时旋转起来。楚乾坤紧盯着"楚霸王",大声喊着:"'楚霸王',战无不胜,攻无不克。"老伴也扯开嗓子:"'虞姬','虞姬',天下无敌。"儿子不说话,紧盯着"楚霸王",它已经占了先机,越转越快。而"刘邦"虽然沉稳,却略输一筹。"虞姬"虽然处在劣势,但老伴的脸上乐开了花。

儿子的脸色越来越阴沉,他盯着墙上的字画,竟然落泪了。字画上写着"有志男儿在四方",字迹虽然歪歪扭扭,却是楚乾坤的"杰作",被儿子装裱后一直挂在墙上。楚乾坤受到触动,突然捂住胸口。老伴紧张起来:"老头子,你怎么了,是不是心脏病发作了?"楚乾坤咬住嘴唇点头,老伴赶忙去拿药,楚乾坤趁机悄悄地按了一下"楚霸王"。

楚乾坤吃了药,脸色缓和过来。大家又盯着旋豆子。此时,场上发生了变化,"虞姬"弱不禁风地败下阵来,"楚霸王"也没了开始的霸气,越转越慢,最后跌倒在地。可儿子并没有喜悦,只是担心地看着楚乾坤:"老爸,我不出国了。"

"你这臭小子,我这一生愿赌服输,要是你敢破坏我的规矩,我打断你的腿。"

就这样儿子出国了,老伴却恨死了楚乾坤,把他当成了出气筒。今天,楚乾坤又赌三高,输了五次,满身大汗地跑回了家。老伴抓起鸡毛掸子就往楚乾坤打来:"我的老寒腿又犯了,还要伺候你这个没良心的!"

楚乾坤早有防备,躲过鸡毛掸子,抓起桌上的东坡肉,就放进了嘴里,还夸张地叫了起来:"真香!你的厨艺越来越好了。"老伴又泪水涟涟:"厨艺再好,可儿子和孙子又吃不到……"

楚乾坤趁着老伴唠叨的时候,在她的脸上猛亲了一下:"小娘子,你今天真美!"老伴的脸红到了耳根:"你这个老不正经的。"楚乾坤哈哈大笑,老伴的怒气全消。

一天,楚乾坤感冒了,有气无力地躺在床上。老伴在外面打电话:"儿子,你都三年没回家了,什么时候回来看我们?什么?你的工作忙?你爸呀!他还是贪玩,但身体没以前好了,还经常感冒……"

楚乾坤听到后,赶忙爬起来,跑到外面夺过老伴的电话,假装兴奋地说:"儿子,你放心,我身体棒棒的,根本没感冒,你安心工作。"老伴还想说什么,楚乾坤飞快地挂断了电话。

半夜，楚乾坤发着高烧，说着胡话。老伴急得直掉泪，在寒风中守了一个小时，才叫到一辆出租车，把楚乾坤送到了医院。还好楚乾坤只是感冒后发烧，输了一天液，晚上就回家了。

老伴的老寒腿本来就痛，又被折腾了一天一夜，膝盖痛得钻心，走路都要按着。楚乾坤心疼老伴，让她躺在床上，给她按摩。老伴直落泪："这日子没法过了……"

就在这个时候，门口传来钥匙扭动的声音，房门被推开。儿子提着行李箱，风尘仆仆地站在门口。老伴跑到儿子身边，拉住他的手，却激动得说不出话来。

楚乾坤泪眼蒙眬："儿子，你怎么回来了？"

"那日你挂断电话，我的眼泪就往下落。你明明生病了，还说谎话骗我，肯定是怕我担心。我实在放心不下，就赶回来了。"

楚乾坤把胸脯拍得砰砰响："我的身体棒极了，你快回去上班吧。"

老伴害怕儿子走了，就紧紧地抱住他："你爸爸每天都念叨着你，念叨孙子。可他就是嘴硬，从不说想你们的话。"

楚乾坤尴尬地搓着手："是你妈妈想念你们，怎么还栽赃我？"

儿子的眼泪流了出来："老爸，当年你也舍不得我走。可为了我的前途，你悄悄地按了一下'楚霸王'，我才赢了赌局……"

老伴火冒三丈："老头子，我信任你的赌德，没想到你却作弊。"

"我们不能因为自私，就剪掉儿子想飞的翅膀。"

儿子哽咽道："是我自私了，只想着飞得更高，却忘记你们已经老了。我马上申请回国，再也不离开你们了。"

老伴开心地抹干眼泪，楚乾坤却笑了。其实人生就如赌局，很多人都想赢，却输得很惨。有时候善意的输，既能让别人开心，也能让自己快乐。

和梦中情人做邻居

住在隔壁

梅花街,清一色的两层小楼,楼下是商铺,楼上是卧室。在20世纪90年代,这条老街相当繁华。如今,这条老街又破又旧,行人稀少。可秦怀就做了一个惊人之举,他在这条老街上买了三间商铺。搬进新家,秦怀十分得意,因为他买下这些商铺,还有不为人知的秘密。

十八岁那年,秦怀追求班花白艳却被拒绝。最让秦怀不服气的是白艳竟然嫁给了又矮又丑的钟诚,就因为他在这条老街上开了家包子店。秦怀受了刺激,出去打工,经过这些年的拼搏,有了不少积蓄。

就在今年的同学会上,秦怀见到了白艳。她秀发高挽,风韵犹存,脖子上还戴着一条钻石项链,估计过着贵妇人的生活。

昔日情缘又让秦怀怦然心动,他悄悄跟随白艳的脚步,到了这条老街。这才知道她还是包子店的老板娘,日子过得很一般。这让秦怀心里燃起了希望,于是就买下了这三间商铺。一是为了出当年的恶气,二是白艳一直出现在他的梦里,与他有解不开的情结。

秦怀有生意头脑,开了一家家具店。老婆夏静很能干,把生意和家庭打理得井井有条。可秦怀却不满足,常常拿夏静的丑和白艳的美做对比,日子过得很不开心。

有一天晚上,隔壁传来吵闹声,秦怀趴在窗口偷听。白艳的嗓门儿很大:"钟诚,快把我的银项链拿出来,不然老娘和你拼了。"

"老婆，我真的没拿你的银项链。"

秦怀突然想起黄昏的时候，看到一个人打着伞，从白艳家的后门出去了。当时没在意，难道那个人是小偷？

秦怀刚想下楼去告诉他们这件事，可白艳的声音又传来了："你骗鬼呢，我的银项链锁在你的抽屉里。你的钱还在，我的银项链却丢了，不是你拿的，是谁拿的？"

看来那个打伞的人不是小偷。隔壁的吵闹声升级，传来了东西被砸的声音。夏静是个热心肠，她飞快地跑下楼，到隔壁去劝架了。

打闹声慢慢停息了，夏静却很晚才回来。她说，白艳用私房钱买了一条钻石项链，却对钟诚撒谎，说是银项链。结果钟诚很精明，偷了钻石项链。白艳不敢明说，两人就吵了起来。

秦怀心里五味杂陈，心想，自己挣到第一笔钱后，就给夏静买了钻石项链。要是当年白艳嫁给了自己，就不会这样委屈了。

赌　气

自从那晚吵架后，白艳就没有出现在包子店里。钟诚忙来忙去，疲惫不堪。秦怀看了有点不忍，就开导钟诚："老婆是用来哄的，你多给她买点礼物，她就不生气了。"

钟诚摇头："没用的，白艳爱使小性子。有一次我把她的一双破皮靴扔了，她去垃圾池里没找到，就和我赌气，还半年不干活儿。这次她的银项链找不到了，就诬赖是我偷了……"

"也许你给她买钻石项链，她就开心了。"秦怀说完，玩味地看着钟诚。可钟诚一脸实诚："不行，我家开支太大了。儿子读书，父母多病，都要花不少钱。"

"怎么没看到你父母？"

"唉，一言难尽。白艳容不下他们，我只能在外面给他们租房。"

钟诚把秦怀当朋友，说了很多鸡毛蒜皮的小事。秦怀为白艳悲哀，钟诚太吝啬，没有男人的大气。看来白艳只是外表光鲜，其实过得并不幸福。秦怀好像看到了有裂缝的鸡蛋，开始蠢蠢欲动了。可白艳被钟诚管得紧，她可以不干活儿，就是不能独自出门，害得秦怀心里情丝暗结，又苦于没有机会。

有一天早上，秦怀又去吃包子。钟诚走不上几步，就捂住了肚子。秦怀关切地问："钟老板，你怎么了？"

"我肚子痛，你快去楼上喊白艳。"

秦怀几个大步跑上楼，看见客厅里又脏又乱。秦怀告诉白艳钟诚病了，可她却无动于衷。秦怀急了，开车把钟诚送到了医院。经过诊断，钟诚得了急性胰腺炎，要住院治疗。

病　危

包子店关门，秦怀心里空落落的。他站在窗边，再也看不到白艳动人的身姿了。

几天后，钟诚出院，脸色苍白。夏静买了礼品，拉着秦怀去看钟诚。白艳对秦怀很冷漠，却对夏静很热情，还拉着她去房间说话。秦怀对钟诚说了几句安心养病的客套话，就让钟诚激动不已："秦哥，你对我太好了，我会把你当作我一生的朋友。"

秦怀很尴尬，他怀疑钟诚猜到了自己的心事，就慌忙逃跑了。夏静回来后，说医生让钟诚继续住院治疗，可白艳舍不得花钱，让钟诚出院了。

三天后，包子店开门了。钟诚在包子店里忙来忙去，却还是不见白艳的身影。秦怀吃着包子，看着钟诚脸色苍白，隐隐担心："钟老板，你病刚好，应该多休息一下。"

"没事，我已经好了。"

"白艳怎么不帮你卖包子？"

"她说我生病花了几千元，又关了十天的门，损失的钱都够给她买钻石项链了……"秦怀听了感觉好笑，要是钟诚不偷钻石项链，那白艳就会帮他卖包子。这样，他也许就不会累病，损失那么多钱了。都是钟诚咎由自取，不值得同情。

几天后的一个清晨，秦怀还在睡觉，就听到隔壁包子店里传来惊叫声："钟老板，你快醒醒！"

秦怀一骨碌爬起来，冲下楼去。看见钟诚躺在地上昏迷不醒，秦怀拨了120。直到救护车到来，白艳才化着精致的妆容坐上了救护车，她对秦怀招手："老同学，帮帮忙。"

急诊室里，医生开了病危通知书，并对白艳说："病人延误治疗，有生命危险，你要有心理准备。"白艳平静地点头，看着钟诚进了急救室。

悲　剧

急救室的门一直没有打开，秦怀焦急不安："白艳，快给你儿子打电话。"

"不用，钟诚这种祸害死不了。"

"你就那么恨钟诚？"

"是的，你看我们班的女生，哪个有我长得漂亮？可她们现在都比我有钱。就连你，曾经的穷小子，也买了三间商铺来羞辱我……"

就在白艳把一个个女同学拿来做对比的时候，秦怀也把白艳和夏静对比了一下。每次创业，夏静总是冲在最前面；每次失落，夏静总是鼓励他；每次他生病，夏静总是细心照顾他；每次搬家，夏静都会带上公婆……

急救室的门终于打开了，护士在里面叫："家属进来。"白艳笑了："你看，这种人就是死不了，还拖累我一生。"秦怀突然觉得白艳很可怕，在她美丽的外表下，怎么会有一颗这样冰冷的心？

突然，急救室里传出了白艳的尖叫声："钟诚，你给我起来,不准装死。"秦怀感觉不妙,冲了进去。而此时,钟诚已经永远地闭上了眼睛。

清理钟诚遗物的时候,夏静去帮忙了,她回来的时候哭红了眼睛:"钟诚留下一封遗书,说怕儿子以后不孝,已经给白艳买了养老保险。"那个矮小的、不停揉捏面团的钟诚,突然间在秦怀的心里变得高大起来。

结　局

葬礼后,白艳很少出门。

一天,一个戴着口罩的男子出现在了秦怀的视线中。他鬼鬼祟祟地推开白艳家的后门,钻了进去。秦怀飞快地跑下楼。白艳家的后门虚掩,秦怀蹑手蹑脚地走了进去,心里想着这个男子是小偷还是白艳的情人?

透过门缝,秦怀看到男子从抽屉里拿钱往口袋里塞。这时衣柜的门突然打开了,白艳跳了出来,把男子按在地上,扯下他的口罩,叫了起来:"小健,怎么是你?"

"妈妈,你刚才在电话里不是说出去散步吗?"

"前几天我的房产证丢了,钱却没丢,就怀疑出了家贼。快给我老实交代,你怎么有抽屉的钥匙?"

"有一次,我看到你往爸爸的破皮靴里塞东西。等你走后,我发现破皮靴里有钱和这把钥匙。"

白艳气得全身颤抖:"我的房产证呢?"

小健理直气壮地说:"那是爷爷奶奶过户给我的房产证。"

白艳气得扇了小健一巴掌:"是我让算命先生告诉老东西,你没有房子做靠山就会死掉,那老东西才把房产证过户给你的。"

"可我输了钱,拿房产证去抵押借高利贷了。"

白艳气疯了,使劲地扇着小健的耳光。小健被打怒了,他捏住白艳的双手说:"要不是你偷了爸爸的钱,买了那条钻石项链，我也不会被你害得这么惨，被放高利贷的人追杀。"

"我的钻石项链放在你爸爸的抽屉里，怎么就招惹你了？"

"那天我没钱了，就偷偷溜了回家，打开爸爸的抽屉，本来只想拿点小钱花的，结果看到你的钻石项链后，就来了一个黑吃黑。这才迷上了赌博，走到今天这一步。"

秦怀悄悄地退了出去。此时，他已完全明白，一个漂亮的女人，如果不心存善良，就如罂粟花一样，虽然好看，但有毒……

送 彩

蛮塔村有一个风俗，每到有人结婚，就要敲锣打鼓地"送彩"。这"送彩"其实就是一种显摆，除了一床红被子，还要在几个木盘子里装满钞票，送到新郎家，让吃喜酒的人都能看到厚礼，这样新郎家就特别有面子。

几年前，罗大富的儿子准备结婚，这下可把罗大富愁坏了。按照蛮塔村的风俗，送彩的人越多，新郎家就越有面子。可送彩是有讲究的，必须是新郎父母的兄弟姐妹才能送。罗大富只有一个妹妹，平常都靠罗大富接济，肯定是没有钱送彩了。

罗大富是一个把面子看得比命还重要的人，要是儿子结婚的时候没人送彩，他肯定一辈子都抬不起头来。于是，罗大富就想去找妹妹罗大琼帮忙，看她能不能召集婆家人，多准备点礼金给自己送彩。

青山绿水间，有一座破旧的老木屋，那是罗大琼的家。院子里没有人，灶房里冒着烟。罗大富刚推开灶房的门，一股刺鼻的中药味就蹿了出来。只见罗大琼正脸色苍白地往炉子里添加柴火，一阵黑烟就冒了出来，她还不停地咳嗽着。

罗大富紧皱眉头："小妹，你怎么又病了？"

"我寻思着忠儿的婚期快到了，就想上山采竹笋，多凑点礼金。没想到淋雨后就感冒了，吃了几天中药，还不见好。"罗大琼的运气不好，才嫁到马家几年，妹夫就撒手西去了。妹妹和妹夫感情极深，她坚决不改嫁。这些年她就一个人带着儿子马关，过着清贫的日子。

为了面子，罗大富试探地问："小妹，忠儿结婚，你准备给我家送彩吗？"

罗大琼有点为难："大哥，你知道我家的情况，关儿今年高一，正是花钱的时候。"

"你婆家的兄弟姐妹很多，你找他们说说去，让他们多准备点礼金，和你一起来送彩。等他们的孩子结婚的时候，我会加倍奉还。"

"我也想多送点，给咱罗家争面子。可自从关儿的爸爸去世后，他们生怕粘上我这个穷家，都对我和关儿避而远之。前几日我和关儿去求他们和我一起去送彩，可他们就是不答应，说孩子还小，不想过早地赶礼金出去。"

罗大富面色阴沉，不停地叹气。罗大琼的心里进行了一番挣扎后，说："大哥，我去贷款给你家送彩。"

"这样吧！我给你两万元，你置办送彩的事情。"

罗大琼高兴起来："行，到时候关儿结婚，你送彩的时候，我也提前给你送钱去。"

兄妹俩为这件事情兴奋起来，大家都不用花钱，双方还都有了面子。但罗大富是个心细的人，考虑得很周全，走的时候一再嘱咐罗大琼："这件事情你谁都不能说，不然被人知道后，要嘲笑我们一辈子。"

"如果马关问起来，我该怎么说？他知道家里没钱的。"

罗大富想了想说："虽然马关已经十六岁了，但还是个孩子。你就告诉他是借别人的，不然他一时说漏嘴，那就麻烦了。"

婚期很快到了，罗大富天还没亮就到了罗大琼家。他看罗大琼早已经把红红的被子挂在了竹竿上，还在木盘里摆上了猪肉、酒、水果、糕点等。罗大富把钱递给罗大琼，她就把人民币一张一张地摆在四个木盘里，并用糖小心翼翼地压住。罗大富这才放心离开。

中午十二点，新娘准时进门，鞭炮齐鸣，热闹非凡。喜酒开席，罗大琼送彩的队伍就敲锣打鼓地来了。罗大富喜笑颜开地接过彩礼，把礼单和钱送到礼簿上。看热闹的人就叫了起来:"哇,竟然送了两万元的'彩',比去年张家送的还多!"罗大富得意极了,脸上泛着红光。

这件事情过去几年后,马关早已经在外面打工赚钱了,还找到了女朋友。罗大琼的身体虽然一天不如一天,但她还是喜滋滋地告诉罗大富:"这些年我一直瞒着'送彩'的事情,关儿每年都寄钱回来让我还债。现在我们村有人送二万五千元的彩礼,我就存了三万元,只要关儿结婚,我就把钱提前给你。到时候你风风光光地给我家送彩,我在儿媳妇面前也长脸,让她知道我娘家有人……"

可是,天有不测风云,罗大琼还没等到马关结婚,就突然病重了,存在银行的那三万元,都在医院花光了。等马关赶回来,罗大琼没有说一句话,就离开了人世。

如今,马关要结婚了,他给罗大富送来了喜帖。罗大富知道麻烦了,马关不知道当年的事情,肯定不会提前送钱来。可如果罗大富不去还彩,是要被人耻笑的。罗大富自责不已,都怪自己当年要罗大琼瞒着马关,现在要怎么说马关才会相信自己的话呢?

带着试一试的心情,罗大富找到马关,试探地问:"当年你妈妈给我家送彩的事情,你知道吧?"马关点头:"我当然知道了,为了送彩,我跟着妈妈跑了很多亲戚家,遭遇了很多冷脸。最后妈妈贷款,才能给你家送彩。"

罗大富听了暗喊糟糕,于是就干脆明说了:"当年送彩的钱是我送来的,你妈妈根本没有去贷款。"马关生气地说:"舅舅,你知道我当年为什么出去打工吗?"罗大富点头:"你在学校谈恋爱,成绩直线下滑,然后你离开学校,出去打工了。"

"错,当时我的成绩优秀,本来可以考上大学的。可我看着妈妈每天起早贪黑地干活儿,除了供我读书,还要还银行贷款。我于心不忍,就假装成绩下滑,离开学校,就是想早日打工,减轻家里的负担。"

罗大富急了："我不管你当初是怎么离开学校的，现在你必须给我两万元钱，让我去还彩。"

马关愤怒地说："舅舅，你欺人太甚。当年你来求着我妈妈送彩，害得我家欠债，不然我就可以继续读书，也就不会如此辛苦地在工地上搬砖。如今我结婚，你竟然耍赖！"罗大富愧疚不已，不停地解释。可马关就是不相信，还抛出一句狠话："舅舅，如果你真不要老脸，那我结婚那天你就不用来了。"

罗大富心里发堵，儿子结婚那天，罗大琼敲锣打鼓地把钱送到了自己家。要是自己不去还彩，到死了也会被人指着坟墓骂的。

思前想后，罗大富必须去送彩。可儿子离婚后就玩失踪，罗大富又从高架上落下来摔伤了腰。这些年罗大富都没收入，全靠救济金生活，根本借不到钱。罗大富就想，怎样才能用很少的钱去送彩，既让马关结婚的时候有面子，自己死后也有脸去见妹妹。

罗大富愁心不已，每天都盯着电视发呆。有一天，他无意中看到一个直播的广告，办法就有了。

马关结婚那天，罗大富用糖果在木盘子里摆成心形，把金灿灿的金条，摆在心形里面，又掏出一张龙吉祥金店的发票，摆在金条旁边，用两颗糖压住。罗大富左看右看，十分满意。然后他请了村里人，敲锣打鼓地去给马关送彩。

马关家热闹非凡，新娘子已经进门了。罗大富端着装有金条的木盘子，心虚地走在最前面。看热闹的人窃窃私语："哇，马关的舅舅送了价值三万元的金条。这比送钱好，还不会贬值……"

罗大富听了，腰杆挺直，坐到了长辈席上。马关带着漂亮的新娘来给罗大富敬酒，罗大富的心里感慨不已，妹妹没福气，没等到这一天。

吃完喜酒，罗大富准备回家，马关却把他拉到新房，塞给他三万元，然后说："舅舅，你那天走后，我去银行查过，妈妈那年真的没有贷款，是我错怪你了。"罗大富急了，赶忙把钱还给了马关："那你当时怎么不告诉我，把钱给我送来？"

"这送彩攀比的恶习已经害了我，我就想抵制这种恶俗，想着等结婚后就来给你赔罪。没想到你的日子过得这么艰难，还在想着为我马家撑面子……"

罗大富汗颜："关儿，这金条是假的，发票也是假的。我当年为了面子害了你，今天又骗了你，舅舅在这里给你赔罪。"

马关把钱塞进罗大富的手中："舅舅，我那天说的是气话，请你原谅我。这些日子，我的脑海里都是你帮助我和妈妈的画面。这点钱你拿着，就当我孝敬你的。"

沉重的代价

云巧是天天香火锅连锁店的老总,在黄金地段有几间旺铺,日子过得很滋润。可最近一个从美国打来的电话,让云巧陷入了混乱之中。

打电话的人叫林苹,是云巧的好姐妹,也是天天香火锅店的创始人。

当年,林苹从孤儿院出来,从洗碗妹做起,后来买下了一间店面,开起了天天香火锅店。再后来,林苹嫁了个美国人,移民去了美国。临走时,她把火锅店交给云巧管理。

林苹去了美国,生活富足,就没再把这个小小的火锅店放在眼里,也从未联系过云巧。好在云巧聪明能干,硬是把小小的火锅店,做得风生水起,并渐渐地把它当成了自己的财产。

如今,林苹突然打电话回来,说自己的老公因公司破产跳楼自杀了,她已一无所有,准备回国。

云巧的心里就打起了鼓,当初天天香火锅店生意一般,就是连房带店,最多价值几万元。

云巧通过这些年的辛苦打拼,天天香火锅店才有了现在的规模。她不甘心把天天香火锅店还给林苹,于是就想转移财产。

云巧现在家大业大,没有理由不还人家火锅店,于是她想到了装穷。云巧有几间旺铺,还有别墅,她舍不得卖,就想把这些转移给父母,可一想到贪心的弟弟,她又不敢行动了。云巧想来想去,想到了乡下的老姑妈。老姑妈无儿无女,又不识字,房产到了她那里是既安全又保密。

云巧连夜去拜访老姑妈,把老姑妈带到城里玩了几天。她还骗老姑妈,说给她买了一份保险,让她在那些赠予合同上签字。老姑妈不识字，乐呵呵地在合同上按了手印，就这样顺理成章地成了这几套房产的拥有者。

为了做得逼真，云巧把老店的装修都砸掉，还摆上了破烂的桌子，甚至还把有精神疾病的儿子带到老店里住。一切迹象都让人感到这家老店是办不下去了。

林苹终于回来了，她离开祖国二十年，本以为云巧已经过上了好日子，自己可以顺理成章地要回自己的老店。可没想到推开老店的门，看见的是头发花白的云巧。林苹还没开口，云巧就已经泪流满面了，她诉说起自己被前夫抛弃，一个人带着有精神疾病的儿子艰难度日的情况。

林苹惊呆了，原以为自己的命不好，老公死了，自己成了穷光蛋。没想到云巧比自己还悲惨，竟过得这样贫困。

吃了简单的晚饭，云巧陪着林苹说了很多话。她还拿出一个破烂的小布包说："林苹，自从你走后，我就一直想买下这家老店，这样我和儿子就有了安身的地方。我请人做了评估，那时候这家老店值八万，我就拼命地挣钱，终于凑够了八万元。现在我把这八万元给你，就算这二十年的房租。我知道这点钱不够，但请你一定收下。我明天就搬出去，把老店还给你。"

林苹眼泪流了出来，说："我和女儿的日子实在过不下去了，所以，我……我才想卖了这家老店，希望你能理解我。"云巧假惺惺地抱着林苹痛哭，心里却十分得意，自己的计划马上就要成功了。

就在这时候，云巧的弟弟云浩推门进来了，他张嘴就问："姐姐，你玩的什么花招，好好的别墅不住，跑到这破烂的老店来干什么？"

云巧见要坏事，赶紧过来说："弟弟，你快来见过你林苹姐。"

云浩是个聪明人，一听到林苹的名字，立即反应过来，眼珠一转，立刻就配合着演起了戏："姐姐，你还是搬到我家去住吧！再苦的日子咱们也要过下去啊。"

云巧也顺着云浩的戏演下去，眼泪扑簌扑簌地流，说不想拖累弟弟。姐弟俩的戏演得很逼真，林苹也跟着落泪。

云浩临走时悄悄对姐姐做了一个"六"的手势。云巧知道这是弟弟在敲诈自己，可没办法呀，现在正需要弟弟的帮助。如果弟弟把自己的真实状况泄露给林苹，那天天香火锅老店自己就得不到了。

云浩开心地吹着口哨走了，林苹说要去孤儿院看老院长，她就是在老院长的照顾下长大的。云巧心又提起来了，要是老院长说出自己这些年发财了，那后面的事就麻烦了。云巧好说歹说，才让林苹答应先休息两天再说。

似乎老天也在帮云巧。林苹在美国的女儿突然病重，林苹只好提早回去。这些天，云巧托弟弟给老店找了一个买主，对方出价一百二十万元。可林苹心里又开始矛盾了，要是卖了老店，自己和儿子以后住哪里？靠什么生活？

经过慎重考虑，林苹做出了一个痛苦的决定，她没有出售老店，而是把老店过户给了云巧。

林苹走了，云浩找上门来，对云巧竖起大拇指说："姐姐，你真厉害，一招苦肉计，就赚了个天天香。"

云巧不愿意和云浩多说，丢给他六万元。云浩冷哼一声："你打发叫花子呀！我那手势是六十万。"

云巧不想和他啰唆，让他滚蛋，但云浩威胁道："你不给我就给林苹打电话，揭露你的谎话。"

云巧知道弟弟为了钱，什么事情都做得出来。没办法，她最后只能答应给云浩六十万，心里还自我安慰：反正肥水没流外人田。

老店归自己了，云巧去找律师，想神不知鬼不觉地把自己的房产转回来。就在办手续的过程中，突然传来老姑妈去世的消息。云巧急了，赶快去了乡下。

老姑妈下葬后，云浩又找上门来，他真像一个私人侦探，什么事都知道,他开口就要继承老姑妈的一半财产。

云巧没想到云浩狗鼻子这么灵,她也知道云浩难缠,所以想了想,决定还是忍痛出点血。云巧假装大方地说:"弟弟,姑妈的三间木屋,我们一人一半。只是我对老木屋有感情,如果你放弃老姑妈的这份遗产,我可以给你二十万。"

云浩看着云巧,摇了摇头。云巧稳了稳情绪,下了最大的决心,又说:"看在我俩姐弟的情分上,姑妈的老木屋就全部给你了,我不要一分钱。"

云浩还是摇了摇头了,他的脸上露出诡异的冷笑。云巧慌了,云浩肚子里到底打的是什么主意?停了半晌,她才试探地问道:"弟弟,你到底想要什么?"

云浩这才不急不慢地说:"姐姐,我只要老姑妈的一半遗产。"

如晴天霹雳,云巧当时就气得脸色发青,她把自己所有房产都转移到了老姑妈名下,云浩要继承老姑妈的一半遗产,那不就是要分割自己一半的财产吗?云巧不断地喘着粗气,可又一点办法也没有,老姑妈临终没有留下遗言,现在她名下的财产就说不清了。该怎么办呢?

云浩有些坐不住了,催问道:"到底怎么样啊?你再不表态,我就去找律师了。"

云巧知道云浩得不到甜头是绝对不会放过自己的,无奈之下,她只能咬牙,答应给云浩一百万,后来又加到了三百万。可云浩的心大着哩,根本没把三百万放在眼里,他就是要老姑妈的一半遗产,并且只给云巧三天时间考虑。

接下来的三天,云巧吃不下饭,睡不着觉,不知如何是好。就在这时,老村长来找她,告诉了她一个惊人的消息,原来老姑妈在一年前就立了一份遗嘱,要把她所有的遗产,交给一个叫史密斯夫人的美国人继承。

云巧傻了,赶忙去找律师,律师听完她的叙述,不住地摇头,说老姑妈已经立了遗嘱,按照继承法,云巧无法再要回自己的财产。

这真是搬起石头砸自己的脚,云巧不停地击打自己的脑袋,仿佛要疯了。就因为自己贪心,为了得到老店,结果却失去了千万财产。

云巧不甘心自己的财产就这样消失了,她求律师帮忙想办法。律师向云巧提议,说从资助老姑妈这件事分析,这位史密斯夫人肯定是一个富有而善良的人,也许云巧说出事情的真相,史密斯夫人就能同意放弃继承老姑妈的遗产,这样云巧或许就能要回自己的财产。

云巧只能死马当活马医,她请了翻译,写了一封长长的信寄到了美国。云巧在信里声泪俱下地说了事情的经过,如今眼看自己的千万家财就要没了,自己和有精神疾病的儿子以后无依无靠,将会沦落街头。

信发出去了,云巧苦苦等了一个月,终于等来了史密斯夫人的律师。律师对云巧说:"老姑妈的遗产,史密斯夫人已经转交给了慈善机构,但史密斯夫人会每年给你的儿子五万元,直到他离开人世的那一天。"

律师说完,递给云巧一封信。云巧撕开信,看着熟悉的笔迹,又惊又羞,信的内容如下。

云巧:

当你看到这封信的时候,肯定会吃惊,我就是史密斯夫人,也就是你熟悉的林苹。当年,在我最困难的时候,老姑妈帮助过我,所以我有钱后就一直资助她。

云巧,你后来的做法让我非常失望和愤怒。你和你的弟弟为了得到财产,不择手段,你们必须为自己的行为付出代价……

女儿早恋了

刘映是单亲妈妈，有一个十六岁的女儿。女儿酷爱读书，成绩优秀，是刘映最大的骄傲。可今年考试，女儿竟然考砸了。刘映很生气，偷偷打开了女儿带锁的日记本，发现女儿恋爱了，还和男生去开房。

刘映火冒三丈，准备好了一根粗粗的棍子，准备打断女儿的腿。可女儿竟然去了姥姥家，刘映只能强压着心里的怒火去上班。

刘映是妇产科的主任医师，病人很多，每天都忙得满头大汗。一天，病房门口突然传来一阵痛苦的尖叫声。一个瘦弱的女孩被人扶进了急诊室，女孩只有十六七岁的样子，却顶着一个大大的肚子，看样子要生了。扶着女孩的是一个满脸雀斑的农村妇女，她脸上露出欣喜的表情。在她们的身后跟着一个大男孩，岁数和女孩差不多。大男孩一副漠然的样子，还边走边玩手机。

刘映看了心里来气，女孩那么小，怎么就生孩子了？她的父母是怎么当的？刘映强压住心里的怒火，给女孩做检查，发现她的羊水已破，鲜血从腿下流了出来。刘映马上让女孩做彩超，知道胎儿是立身子，根本生不下来，必须剖宫产。

可女孩爱美，她宁愿痛死，也不要在肚皮上划一刀，留下难看的疤痕。刘映再也忍不住，她对农村妇女一阵训斥，让她必须说服女孩，马上做剖宫产。农村妇女唯唯诺诺地答应着，小声地开导着女孩。可女孩痛得大哭："妈妈，妈妈，我要妈妈。"

农村妇女把女孩拥在怀里，轻轻地拍打着她的后背说："妈妈在这里，你别怕。"女孩一把推开她说："你不是我妈妈,我妈妈不要我了。"女孩说完,趴在墙上放声大哭。

农村妇女赶忙拨通一个电话,可电话通了,就是没人接。农村妇女无奈地说:"亲家母恨我们,坚决不接我们的电话。"

刘映大吼:"你们这些大人是怎么想的,女孩那么小,怎么能生孩子?"农村妇女低着头小声地说:"我儿媳妇已经流产两次了,我怕她以后不能生。"

刘映气得想揍人,她看到女孩已经大出血了,必须做剖宫产手术了,不然会有生命危险。刘映拿出手机,拨通了女孩妈妈的电话,她说:"我是妇产科的医生,你女儿不同意剖宫产,我已经给她下了病危通知书。"电话里的那个女人哭了,她答应马上赶来。

一个小时后,女孩的妈妈满头大汗地跑来了。女孩扑倒在妈妈肥胖的怀抱里放声大哭,妈妈也不说话,只是一把一把地抹眼泪。

刘映气得大吼:"现在不是哭的时候,赶快去签字,马上做手术。"女孩情绪激动地说:"你们敢给我做手术,我就去死。"说完就要去撞墙。刘映没办法,让女孩的妈妈尽快地做女孩的工作。

女孩的脸色越来越苍白,疼痛的折磨让她的五官都扭曲了,可她还是强撑着,坚决不剖宫产。妈妈急了,跪在女孩的面前求她:"小祖宗,你就不要再折腾了。孩子是你要生的,你就要为他负责。"女孩哭了:"我不生孩子,我不生孩子,你们把他给我拿走!拿走!"

女孩一直哭着、闹着、痛着、跳着,鲜血流了一地。女孩的妈妈实在没办法,只好给女孩的爸爸打了一个电话。女孩的爸爸急匆匆地赶来,二话不说,就给了女孩一巴掌:"你必须剖宫产!"女孩被打蒙了,呆呆地点了头。

女孩的爸爸飞快地签了字。可因为耽误太久,胎儿已经死于腹中。女孩身体虚弱,加上大出血,生命垂危。她小声地喊着男孩的名字,可男孩却不见了。农村妇女神情沮丧,赶忙拨通男孩的电话,可电话那头竟传来激烈的游戏声。农村妇女小声地怒斥着:"都什么时候了,你还玩游戏,快点赶过来!"

刘映抢救了很久,可女孩失血过多,已经不行了。女孩悲惨地喊着妈妈,刘映的眼泪流了出来,让她的父母赶快进去。女孩的妈妈紧紧抱着她,父亲却还在粗暴地骂人。

过了好一会儿,男孩才赶了过来,爸爸二话不说,一拳就把男孩打倒在地。女孩在手术台上傻傻地笑了:"爸爸,本来我和他已经分手了。可你们偷看我的日记,还对我一顿暴打,就把我打到他的身边了。"

爸爸傻眼了,他扑倒在女孩的病床前,只见女孩使劲地说出了最后一句话:"如果有来生,我不愿做你们的女儿了。"说完就停止了呼吸。

妈妈痛哭得在地上打滚,鲜血从她的胯下流了出来。爸爸急了,赶忙对刘映说:"医生,我老婆快要生了。"

刘映这才发现女孩的妈妈不是肥胖,而是要临盆了。妈妈看着胯下的鲜血,情绪很激动,不停地拍打着肚皮,说:"女儿,你快醒来,妈妈不要这个孩子了。妈妈知道错了,妈妈不该骂你,把你赶出家,还说不认你,把你往死路上逼。"

爸爸也哭了,不停地用头撞墙:"女儿呀!我该死。我以为你叛逆,想着再生一个孩子就好了,可我错了,我错了!"

农村妇女和男孩都不说话,趁乱就溜走了。刘映气得大吼:"不要闹了,死者已死,快救肚子里的孩子。"两个小时后,一个新的生命降生了。

刘映满身疲惫地回到家,发现女儿还没回来。她在女儿的床头,放了一本尘封已久的日记本。日记里记录着刘映十七岁早恋,十八岁生下女儿,十九岁被抛弃,二十岁继续读书,二十三岁考上大学,一个人带着女儿过日子的艰难历程。

女儿回来后,看完日记,哭红了眼睛。接下来的日子,女儿很少外出,成绩也直线上升,刘映欣喜地笑了。

默默守候

漆黑的夜晚，冷风刺骨，萧军站在河边，全身冰冷。父母太唠叨，他想提前回学校，可父母不答应，他就赌气地跑了出来。

身后突然传来一阵低沉的咳嗽声，萧军回头，只见不远处闪动着一点绿光。这里曾经有一个小孩落水而亡，自己怎么就鬼使神差地来到了这里？萧军越想越害怕，拼命地往家跑。

到了楼下，萧军看见桂花树下有一个绿油油的大脑袋在黑暗中飘来飘去，他吓得全身颤抖，如梦呓一般低叫："鬼，有鬼，我遇到鬼了！"

绿色的光对准萧军的脸，而大脑袋竟说话了："军军，我是周叔叔，你别害怕。"

萧军这才看清楚是三楼的周叔叔，那绿色的光，来自他的手机。原来是周叔叔拿着手机在桂花树下走来走去，手机的光照在他的脸上，就如鬼一般恐怖。萧军捂着吓坏的小心脏："周叔叔，这么晚了，你在楼下干什么？"

"没什么，屋里有点闷，我出来走走。"周叔叔说完，打了一个寒战，抬头看着三楼的窗户。

萧军也抬起了头，他看到家中还亮着灯，就急匆匆地往楼上跑。到了二楼转角，他听到了一阵幽幽的哭泣声。萧军害怕了，这都大半夜了，谁家的女子还在哭？

萧军胆怯地爬上了三楼，看见一个头上裹着围巾的女人，正趴在周叔叔家的门口偷听。那哭声，就是从周叔叔的家里传出来的。萧军大胆地喊了一声李阿姨，女人回头，正是周叔叔的老婆李芸。

"李阿姨，你怎么不进屋？谁在你家里哭？"

李芸叹了一口气:"蓝蓝到了青春叛逆期,吵着要去内蒙古大草原玩。可我们挣钱很艰难,就没答应。她又哭又闹,我们想冷处理一下,就都出来了。可我放心不下,于是在门口偷听。"萧军心头一热,前几天,有一个叛逆女孩跳了楼。周叔叔肯定是因为害怕,才守在楼下的,真是可怜天下父母心呀!

　　萧军怕父母担心,急匆匆地跑回了家。可妈妈却躺在沙发上,若无其事地玩着手机。萧军生气地抢过妈妈的手机:"我是不是你亲生的?我大冷天地跑出去,你为什么不担心?"

　　"你还有半个月才开学,就吵着要回学校练小提琴。你都不要我了,我为什么要担心你?"

　　萧军气呼呼地钻进房间,"砰"的一声关上了门。

　　妈妈的手机里传来了爸爸发来的语音消息:我已经到门口了,军军进房间了吗?千万别让军军知道我一路跟踪他。

　　萧军的眼泪流了出来,他关了灯,站在门口偷听。不一会儿,外面就有人轻轻开门。

　　那一夜,萧军听着隔壁的咳嗽声,辗转难眠,他决定就在家练小提琴了。

被盗的二维码

现在流行微信支付,不装现金,拿着一部手机,只要卡上有钱,就可以走天下。商家都看到了商机,大到商场,小到菜贩,都挂着收款二维码。

连卖豆腐脑儿的刘新梅都与时俱进,在摊子前挂起了二维码。说起刘新梅,也是一个可怜人。她没文化,长得矮矮小小。老公嫌弃她丑,跟着别的女人跑了。

每天清晨五点,刘新梅就在育才小学门口摆摊。现在的小吃那么多,刘新梅的生意不好,日子过得很艰难。可是屋漏偏逢连夜雨,女儿又住进了医院。

还好有了二维码,刘新梅的生意比前段日子好了许多。可好景不长,几天以后,刘新梅的二维码不见了。她心疼不已,但还是又花钱去做了一个二维码。

可奇怪的事情发生了,每天晚上,刘新梅的微信都会收到钱,少则几十,多则上百。反正刘新梅急需用钱,就先不管是谁往她的微信里扫钱了。

一天晚上,刘新梅刚把女儿哄睡,就有人敲门。刘新梅打开房门,只见外面站着一个彪形大汉,长得五大三粗,戴着墨镜,穿着白背心,手臂上都是文身。

彪形大汉的嘴里喷着酒气,他闯进屋内,关上房门问:"你是不是叫刘新梅,在育才小学门口卖豆腐脑儿?"

刘新梅点头,彪形大汉摸出一个二维码,"砰"的一声砸在桌上:"你到底用这个二维码,偷了我多少钱?"

刘新梅拿起桌上的二维码,发现这竟然就是她前几天丢的。刘新梅惊叫:"你什么时候偷了我的二维码?"

"你这个小偷太可恶了,明明是你用二维码偷了我的钱,还诬赖我偷你的二维码。你把手机拿出来,我看看你到底偷了我多少钱?"

刘新梅不服气:"明明是我的二维码不见了,每天有人往里面扫钱,你怎么能诬陷我是小偷?"

"我不想和你废话,你马上给我三千块,这件事情就算了结了。不然,我可不客气了。"

彪形大汉叫周能泉,他把拳头捏得咔嚓响,刘新梅想到屋内熟睡的女儿,要是她被吵醒跑出来,那就危险了。

为了送走周能泉这个瘟神,刘新梅摸出仅有的几十块:"大哥,我家里只有这点钱了,你拿去买酒喝吧。"

周能泉接过钱,扔在地上,用脚使劲踩了几下:"你这是打发叫花子呢,我说过三千块,少一分都不行!"

看到周能泉一脸凶相,刘新梅感觉到了危险。她想肯定是周能泉偷了她的二维码,往里面扫钱,又来诬陷她。为了稳住周能泉,刘新梅拿出手机,假装在微信上向朋友借钱。

周能泉一副胜券在握的样子,没有怀疑刘新梅。趁着这个机会,刘新梅马上编辑短信,发给了110报警。

时间一分一秒地过去了,警察还没来,周能泉却没有了耐心:"你到底借到钱没有?"

刘新梅心虚地点头,周能泉打开收款二维码,让刘新梅扫。磨磨蹭蹭地弄了老半天,刘新梅才把微信上的钱,扫给了周能泉。

看到三元钱,周能泉恼羞成怒:"我本来不想把事情闹大,就没报警。可你竟然捉弄我,那就别怪我不客气了。"

周能泉马上拨了报警电话。他冷冷地看着刘新梅,这让刘新梅有点糊涂。

过了一会儿,派出所的李警官赶来了。刘新梅迎了上去:"李警官,这个人敲诈我。"

周能泉气得跳脚:"刘新梅是小偷,她把收款二维码放在我饭店的桌上,偷了我的钱。"

133

李警官顿时傻住了，这是他做警察以来，第一次遇到这样的怪事。一个用短信报警说被敲诈，一个用手机报警说钱被偷了。

"你们别急，一个一个地说。"

周能泉是个急性子，先说起了事情的经过。他开了一家小饭馆，桌上摆着收款二维码。他的老婆粗心大意，客人付款的时候，她看客人支付成功，也不去看微信上是不是收到了钱。

直到今天晚上，周能泉才发现不对劲，客人明明付了款，可他的微信就是没有收到钱。周能泉喝了酒，客人说话很难听，两人就打了起来。

最后才发现二维码被人换了，一切都是一场误会。周能泉的老婆经常送儿子到育才小学读书，她认得二维码上的头像是刘新梅。因此，周能泉就找了过来，要刘新梅赔钱。

刘新梅急了："我的二维码只收到六百多块，可你问我要三千块，这就是敲诈。"

周能泉摘下墨镜，左眼圈上都是淤青："警官，我可没有敲诈她。今天我打了客人，赔了两千块。你看我还挨打了，让刘新梅赔三千块算是便宜她了。"

李警官带着两人去了周能泉的饭店，经调查，确认周能泉说的是真话，可刘新梅坚决不承认是自己把收款二维码放在了周能泉的桌上。

李警官认识刘新梅，说话很委婉："刘大姐，我知道你一个人带着孩子不容易，但是你也不能走歪门邪道呀！女儿的病情你不要急，我们派出所的人都在为她捐款，她会很快好起来的。"

刘新梅很委屈，眼泪往下落："李警官，你认识我十多年了，我可不是那种偷鸡摸狗的人。这次真的是周能泉偷了我的二维码，还来诬陷我。"

周能泉冷笑："难道我的脑袋被驴踢了？跑去偷你的二维码，把我的钱往你的微信里送，还和客人打架？"

刘新梅嘴笨，说不出话来，只是流泪。李警官叹气道："这件事情也不大，祸起二维码。刘新梅把钱给周能泉，这件事情就算了结了。"

周能泉点头答应："只要刘新梅承认偷了我的钱，给我赔礼道歉，我就只要六百多块钱，不要她别的赔偿。"

刘新梅已经把微信上的钱给女儿治病用了，现在拿不出钱来。还有小偷这个罪名，刘新梅绝不能接受。

两人僵持起来，李警官把周能泉拉到一边，不知道低声说着什么。周能泉突然叫了起来："她人品不好，就算她女儿病死了，也和我无关。这钱是我辛辛苦苦挣来的，她必须给我。"

屈辱的泪水，从刘新梅的脸上滑落，她向周能泉深深地鞠了一躬："虽然我不是小偷，但我还是答应给你道歉。虽然我现在没有钱，但我明天一定把钱给你，只求你不要诅咒我的女儿。"

第二天早上，刘新梅借到钱，去了周能泉的饭店。虽然饭店不大，但是生意很好，周能泉忙得团团转。

刘新梅把钱放在桌上，周能泉拿起钱数了又数，然后大声吆喝："大家看清楚了，这个小偷把二维码放在我的桌上，偷了我饭店的钱，你们可要认清楚她。"

刘新梅再也受不了这样的羞辱，抓起桌上的酒瓶子就往周能泉打去："我不是小偷。"

周能泉反应灵敏，闪身躲过，还抓住了刘新梅的手。就在这时候，一个小男孩背着书包下了楼，他叫了起来："爸爸，你放开刘阿姨，是我偷了她的二维码，放在咱家桌子上的。"

说话的小男孩是周能泉的儿子周瑜，今年七岁，读小学一年级，长得胖嘟嘟的，十分可爱。

周能泉放开刘新梅，给了周瑜一巴掌："你傻呀？把家里的钱给外人？"

周瑜"哇"的一声哭了："刘阿姨的女儿生病了，同学们都在给她捐钱。可你抠门,就是不给我钱。我没办法,只能偷了周阿姨的二维码,放在咱家的饭桌上。"

周能泉脸红了,学校捐款的事情,周瑜确实对他说过,可他就是没答应。

刘新梅站了起来,冷笑着往外走。周瑜拉着周能泉的衣服,带着哭腔说:"爸,你就帮帮她们吧?如果生病的是我,刘阿姨肯定会给我捐钱的。"

看到周瑜儿眼中的善良,周能泉羞愧难当。他抓起桌上的钱,朝刘新梅跑去:"大妹子,我错了,我给你赔礼道歉。"

爷爷的善心

都说靠山吃山，靠水吃水。我爷爷住在大山上，就成了一个赶山人。春天，爷爷上山采竹笋，挖天麻；夏天，爷爷上山挖野蝉花，挖重楼；秋天，爷爷就上山挖山药，采摘野生猕猴桃；冬天，爷爷就坐在火炉边，惬意地喝着老酒，抽着叶子烟。

就因为爷爷勤劳，家里衣食无忧。那些八竿子打不着的亲戚，都经常来家里走动，或借点钱，或借点米。爷爷为人豪爽大方，来者不拒。

但有一个人是个例外，那就是我的一个远方表叔，名叫董舒。他嗜赌如命，爷爷借了几次钱给他，都输掉了，也没有还过钱。爷爷发誓，就是董舒要饿死了，也不再借钱给他了。

那年春天，爷爷准备上山去挖天麻。奶奶的风湿病发了，她就对爷爷说："我的手脚麻木，你给我抓一条蛇回来泡酒。"爷爷点头答应，他每次上山，都会看到很多蛇。

爷爷刚背着背篓出门，董舒就屁颠屁颠地来了，他又要向爷爷借钱。

"表伯，你就帮帮我。阿妈病重，急需用钱。"

"你每次来借钱，不是阿妈病了，就是阿爹快死了，而且你借钱不仅不还，还拿去豪赌，害得家徒四壁，表妹也跟着你受苦。"

"表伯，阿妈这次真的病了，快要死了。我跑遍了亲戚朋友家，就是借不到钱。求求你救救我阿妈。"

"不借不借，就是不借，我已经上过你的当了。"

爷爷说完，背着背篓就走。董舒却蹲在地上哭了："阿妈真的快死了，怎么就没人借钱给我？"

想到阿妈，董舒擦干眼泪，站了起来。他悄悄地跟在爷爷身后，想学着爷爷挖天麻，给阿妈凑医药费。

爷爷挖天麻是一把好手，每次进山都能满载而归。很多人都想向爷爷拜师学艺，可爷爷就是不答应。都说教会徒弟，饿死师父，挖天麻就是如此。因为天麻都有窝，在固定的地方生长，所以每个赶山人都独来独往，绝不带第二个人。

爷爷赶了几十年的山，挖过无数天麻。他的脑子就如一张活地图，只要进入原始森林，就直接往生长天麻的地方而去。有的地方挖了天麻，第二年就有新的天麻长出来，而有的地方过个四五年才会长出新的天麻来。

爷爷背着背篼，在山里健步如飞。看到天麻就挖，挖到就走。董舒不知道挖天麻的诀窍，就跟在爷爷身后，爷爷挖走天麻，他就在附近寻找，可怎么也找不到天麻。

爷爷爬到山顶，在一个地方找到了天麻，大的有一斤重。一窝天麻，他就挖了两三斤。爷爷高兴不已，这个天麻窝他来了八年，今年终于发达了。

爷爷背着天麻下山，而董舒却空手而归。想到阿妈痛苦的呻吟声，董舒就起了歹心，他想不如把爷爷打晕，抢了爷爷的天麻，这样就能救阿妈一命了。

董舒捡起一根木棍，悄悄地靠近爷爷。爷爷唱着响亮的山歌，丝毫没有发现危险在靠近。董舒一棍子打在爷爷的后脑勺，爷爷就晕了过去。董舒高兴不已，他抓起背篼发现天麻上面有一个黑口袋，不知道装的什么。

董舒忍不住好奇，解开黑口袋，把手伸了进去。突然一条大脑袋的小蛇咬住了董舒的手，董舒惊叫起来，他甩掉毒蛇，扯下一个布条，绑住了手臂。

一阵剧痛，直入胸间，他的手臂开始肿大，他走了没多远，就感觉天旋地转，最后眼前一黑晕了过去。

再说爷爷，他不知道躺了多久才缓缓醒来，醒后发现背篼不见了。爷爷看天快黑了，就赶忙下山。可走了没多远，他就看到董舒背着背篓，倒在地上，天麻滚了一地。

爷爷明白了，是董舒给了自己一棍子，然后抢走了天麻。爷爷踹了董舒一脚，可他却一动不动。只见董舒的脸色发黑，呼吸微弱。爷爷暗叫不好，董舒肯定被自己捉的毒蛇咬了。这都是奶奶的吩咐，要捉一条蛇回去治风湿。于是爷爷就抓了这条毒蛇。因为蛇越毒，治疗风湿的效果就越好。

爷爷很想一走了之，不管董舒，可一想到表妹只有董舒这一个儿子，就动了恻隐之心他赶忙去扯了草药，给董舒敷上。山里毒蛇密布，扯蛇药是每一个赶山人的基本功。爷爷赶山多年，扯的蛇药更是有效。没过多久，董舒就清醒了过来。

这时候，天已经黑了。爷爷在小溪边燃起一堆篝火，把一只烤好的野鸡腿递给了董舒。董舒企图站起来，可一股毒气直往他头上冲，又栽倒在了地上。

"别起来，吃点东西，给我老实睡觉。只要在山里静养两天，就可以下山了。"

"不行，我必须回家，因为阿妈真的病了，快要死了。"

"你别撒谎了，这样的话我不想听。看在你阿妈的份上，我不追究你的责任了。"

董舒跪了下去："表伯，我真的没有撒谎，阿妈快死了。所以我才起了歹心，打了你一棍子。我就上想抢你的天麻回去卖了，给阿妈治病。"

爷爷看董舒哭得撕心裂肺，不像是撒谎的样子，就把干粮留给他，自己打着火把下了山。

爷爷背着天麻，连家也没有回，直接就去了董舒家。只见表妹真的躺在床上，她脸色苍白，只剩一口气往外呼。爷爷赶忙背着表妹去了医院，经过医生的抢救，表妹捡回了一条命。

再说这董舒，他在火堆边坐了两天，待毒气散尽后，才急急地回了家。此时阿妈已经脱离了危险，只是还要在医院进行后续治疗。董舒跪在爷爷面前，不停地扇自己耳光："表伯，我不是人，我真的不是人。就因为我赌博，害得阿妈看不起病。"

"你愿意悔改,不再去赌博吗?"

"我算是死过一次的人了,是你给了我第二次生命,我一定重新做人。"

"好,我再相信你一次收你为徒,教你挖天麻。"

董舒摇头:"赶山不但辛苦,还很危险,我想去做生意。"

爷爷摸出一叠钱,递给董舒:"不管你做什么,必须以善为本,以诚待人,这样你的生意才能做得长久。"

董舒感动得流泪:"表伯,我打了你一棍,你不仅不记仇,还想着帮我。"

说着,董舒跪在地下,给爷爷磕了几个响头。

等到阿妈病好了,董舒就进城了,之后几年都没有音信。大家都说爷爷又上当了,董舒肯定拿着钱去赌博,输光了钱,不敢再回来了。可爷爷坚信,董舒一定会改邪归正。

爷爷去世后,家里的钱柱子一下就塌了,本来富有的家,变得贫困潦倒。就在这时候,发财的董舒回来了,他跪在爷爷的坟头,哭得死去活来。

后来,董舒一直帮助我家。爷爷的善心得到了善报,他在天之灵也会笑的。

烂田里挖出弥勒佛

落沉乡有许多烂田，烂田里经常冒出乌黑的木头，以前用来烤火，现在就值钱了，特别是那金丝楠木的乌木，价格高得吓人。小根的几万，大根的几十万，简直就是埋在田里的乌金子。

落沉乡最大的乌木商黑泥鳅，就是靠挖乌木发家的。他的手下有几十个工人，每天都在田里插乌木。技术最好的是张昂，他只要拿细铁钎在田里插到乌木，拉出来闻一闻，看一看，就知道是什么木材的乌木。最绝的是他连多长多宽都知道，且每次都特别准。就因为他这一手好技术，黑泥鳅挣了不少钱，还让他做了一个小工头，日子过得很滋润。

这天，张昂带了十几个工人去赵家庄插乌木。他的姐姐就嫁到了这个村子，家里穷得叮当响，如今还住在烂瓦房里。

张昂插乌木的时候多了一个心眼。等到了姐姐家的刀子田，他就把别的工人支开，独自插了起来。他刚插了不远，就感觉铁钎被什么东西绊住了，他使劲往下转动，再使劲拉上来。铁尖里有一点点乌木，他仔细看了看，又闻了闻，心里一阵狂喜，这是金丝楠木。他按捺住心里的喜悦，更加仔细地来回插了起来。

晚上收工，大家都没有插到乌木，就各自回家了。张昂高兴地来到姐姐张柳家，她早已经做了一大桌子菜等着他。姐夫赵大鹏看见他来了，赶忙拿出一瓶酒给他斟上。

张昂不慌不忙地喝了一口酒，笑嘻嘻地说："姐姐，你们发财了。"

张柳看弟弟笑得那么神秘，已经猜到了几分："是不是我家田里有乌木？"

张昂点头说:"是的,不但有乌木,还是金丝楠木。可能有十几米长,一米多宽,起码能卖几十万。"

赵大鹏高兴得直跳,他正在为修房的钱发愁,老天就送来了一笔横财。

他高兴地摸出手机,准备给两个弟弟打电话,却被张昂按住了。赵大鹏有两个弟弟在外面打工,田地一直没有分开,这根乌木肯定要三人分了。

张昂看他们家这样穷,就想让姐夫独吞了乌木。赵大鹏犹豫了,那可是几十万呀!自己辛苦一辈子也挣不到的钱。可如果被两个弟弟知道了,就会撕破脸,成为仇人。

张昂看出了赵大鹏的担心,他说:"姐夫,你不要怕,没有人知道田里有乌木。只要你想办法把田分了,过一两年再挖,这笔钱就是你的了。"

赵大鹏面对这么多的钱,心里很矛盾。他不能不顾兄弟情谊,可又架不住老婆的劝说,最后还是狠下心来,准备独吞这根乌木。

他给两个弟弟打电话,说有急事,让他们赶快回家。等他们回来,他就请来了老村长,拿出早就准备好的协议说:"我把田地分成了三份,如果你们没意见,就在上面签字吧。"

兄弟俩看着自己的田地又多又肥沃,而大哥的田地又少又贫瘠,心里一阵感动。父母去世后,是大哥把他们拉扯大的,每次都把最好的留给他们。他们不能让大哥再吃亏了,都争着去抢赵大鹏手里的那份田地。

赵大鹏暗叫不好,难道弟弟们发现自己的阴谋了。三人争执不下时,老村长提议抓阄,这样最公平。最后,刀子田落入了赵二鹏手中。

张柳看刀子田没了,赶忙站出来说:"两位弟弟,我就实话实说了,我们是准备在刀子田修房,才与你们分田地的。"

赵二鹏不好意思地说:"你们怎么不早说,那刀子田给你们,其余的不变。"

可赵小鹏不同意,那样二哥的田地就更少了。一阵争论后,老村长做了安排。刀子田给赵大鹏,剩余的田地平分。为了掩人耳目,赵大鹏还拉了砖倒在刀子田里,准备来年选好个日子动工修房。

到了第二年的冬天,赵大鹏选了一个好日子,准备动工。可两个弟弟突然赶了回来,他们气愤地看着赵大鹏。

赵大鹏心里发虚,这次动工的事情是瞒着他们的,难道是谁走漏了风声,让他们知道自己了的阴谋。赵二鹏气呼呼地说:"大哥,我很生气,你简直不当我们是兄弟。"

赵大鹏结结巴巴地说:"我对你们……你们很好呀!把你们养……养大,还帮你们成了家。"

赵小鹏愤怒地说:"既然你是我们的大哥,那你怎么做出这样的事情,让我们被人耻笑。如果不是李二告诉我们,你还要瞒我们到什么时候?"

赵大鹏脸色通红,说不出话来,毕竟是自己不顾兄弟情谊,做出了这样卑鄙的事。张柳怕赵大鹏顶不住,站出来说:"今天是我们动工的大喜日子,你们不要闹了,让人笑话。"赵二鹏冷笑着说:"既然你们做得出来,就不怕人笑话。"

只见兄弟俩一人提了一个大包,向赵大鹏走去。张柳大叫:"你们不要打你大哥,都是我出的主意。"兄弟俩异口同声地说:"我们会记得大嫂的大恩大德的。"赵大鹏看着两个弟弟向自己走来,冷汗直流。他痛苦地闭上眼睛,心想,早知今日,何必当初呢!

兄弟俩把两个沉甸甸的大包往赵大鹏的怀里一塞,转身就去抓锄头。张柳吓得大叫,以为他们要拿锄头打赵大鹏,可没想到他们竟去挖田了。赵大鹏听到张柳的叫声,睁开了双眼,他发现两个弟弟已经挖了几锄,心想他们肯定是在找证据,好找自己算账。

兄弟俩挖累了,却看见大哥大嫂还傻在那里。赵二鹏想,肯定是他们刚才太严肃,吓到他们了,于是笑呵呵地说:"大哥，已经烧过香钱，可以动土了。"

赵大鹏还是傻傻地不动，赵小鹏就跑过去小声说："大哥，你让大嫂把钱拿回家放好。"赵大鹏这才打开两个包，看到里面躺着一沓沓钞票，起码有好几万元。他大声嚷道："你们拿钱给我做什么？"

赵小鹏动情地说："大哥，你到处借钱修房，也不给我们说。如果不是李二告诉我们，我们就被你陷于不义之中了。这些年我们虽然在外面，但我们的心一直牵挂着你，而你却不拿我们当兄弟，没钱也不对我们说。"

赵二鹏也跑过来拉住赵大鹏的手说："大哥，我一直记得妈妈死去的那个冬天。下着雪，我们又冷又饿，是你跳下河，在冰冷的河水里摸了几条小鱼熬汤给我们喝的。"

赵大鹏笑了："我记得，你们把鱼肉都夹给我，自己只喝汤。"赵小鹏说："不对，最后你只吃了鱼尾，鱼肉都给我们吃了。"

兄弟三人哈哈大笑，现场的气氛活跃了起来。张柳看是虚惊一场，但又怕有变故，大声说："时间不早了，可以动工了。"

赵小鹏跳起来说："来，我们动工了，再放一串鞭炮，为大哥的新房，也为我们的兄弟情义。"

赵大鹏的心在一阵阵的鞭炮声中受着煎熬，他的两个弟弟都不富裕，一个是木匠，一个是泥水匠，挣这些钱多么不容易啊。

鞭炮声过后，众人围了上去，开始挖基脚，这时赵大鹏突然大叫："不能挖。"所有人都停了下来，奇怪地望着赵大鹏。这时赵大鹏红着脸说："我头疼，不能动工。"大家看他的脸通红，冷汗直流，也不敢挖了。

赵大鹏回家后，被老婆一阵数落。他看着那一沓沓人民币，每一张上面可是都浸透了弟弟的汗水啊。于是，他找来老村长，还喊来了两个弟弟。他告诉他们，阴阳先生说刀子田不能做地基，他要把这块田平分给他们。在他的坚持下，大家在那张纸上签了字，从此刀子田就属于兄弟三人了。

赵大鹏不想说出自己之前对弟弟们的欺骗，怕被人耻笑。于是，他想了一个好办法，让张昂趁弟弟们都在家的时候去田里插乌木。

很快传来了好消息——田里有乌木。两个弟弟特别兴奋，可他们一想到大哥还没钱修房，就说这乌木属于大哥，他们不要一分钱。赵大鹏更加惭愧了，坚持要大家平分。

张昂给黑泥鳅报告了这根乌木的大小，可黑泥鳅只出五万元。其实，黑泥鳅心里也在打着算盘，毕竟这是张昂的姐姐，张昂可以夸大乌木，可如果自己把价出高了，就会亏本。

张昂看钱这样少，就在黑泥鳅的耳边不停地吹风说："老板，下面可能还有乌木群，你出价太低了。"可黑泥鳅坚持只出五万元。

张昂赶紧去给姐夫说："不能蒙着卖，老板不相信我。等他挖出乌木，你们才能狠狠地要价。"

挖掘机开来了，很快就把乌木的背梁揭开了，好家伙！有十六米长，一米二宽，而且是金丝楠木。黑泥鳅气得直叹气，如果自己刚才多出点钱，把这乌木买下就好了，都怪自己不相信张昂。

这会儿轮到赵大鹏扬眉吐气了，不管黑泥鳅出多高的价，他就是不点头。黑泥鳅急了，赶忙去找张昂。可张昂正在乌木的旁边仔细观察，脸上是藏不住的喜悦，难道下面还有乌木群？

黑泥鳅狠了狠心，直接出价二十万元。赵大鹏心里一阵狂喜，准备成交。可张柳突然把他拉了出去，悄悄地把手机拿给他看，上面是张昂发来的短信：下面可能还有乌木群，最少要他三十万元，不然就等全部挖开再卖。

赵大鹏现在底气足了，低于三十万不卖。黑泥鳅知道这是张昂捣的鬼，就想干脆挖开了再买。乌木虽然大，但如果底下烂了，或者没有乌木群，那自己就要亏本了。

挖掘机继续工作，乌木被全部挖了出来。可乌木只有上面那层是好的，树心都烂了。中部还有一点没烂，如一个大肚子挺在那里，特别难看。根部还完好无损，有几根碗口大的树根，如手指一般张开，可也没多大的价值。

挖出乌木后，挖掘机又挖深了几米，还是没有乌木。赵大鹏兄弟三人特别失落，就因为相信了张昂的话，眼看到手的银子化成了水。张昂内疚地低着头，本来是想帮姐姐的，却害得他们空欢喜一场。

黑泥鳅高兴地大跳，在紧要关头，还是自己拿得稳，才没有亏大本。他嘲笑地看着赵大鹏说："这就是贪得无厌的下场。我现在只出三万元，不然你们就把这两万元的工钱给了，这乌木拿回去当柴烧吧。"

赵大鹏受了刺激，也不和两个弟弟商量，回家拿了两万元甩给了黑泥鳅："滚，我们再穷，也不受你的侮辱。"黑泥鳅没想到赵大鹏会发这么大的脾气，拿着钱灰溜溜地走了。

大家都说赵大鹏疯了，可他却说："这件事情给了我很大的教训，刚开始我想独吞这根乌木，可在看到这根乌木的时候，我想了很多。你看这大树虽然烂了身，可他们的根却紧紧地连在一起。兄弟情谊，不是金钱能衡量的。"两个弟弟听完赵大鹏的话，把他的手紧紧地握住了，他们看重的就是这份亲情。

赵大鹏花了点钱，请车把乌木拉回了家。当他们用水把乌木清洗干净后，赵二鹏围着乌木看，他怎么看都觉得像光着脚丫的弥勒佛。

赵二鹏一说，大家一看，觉得真的很像。赵小鹏是木匠，能刻会雕，现在他发现这乌木的价值了。三兄弟经过一年的雕琢，一尊巨大的弥勒佛雕成了，栩栩如生。其中最抢眼的就是那光着的脚丫了，它们是那么自然地连在一起。

后来，有一个根雕商出价一百万元买走了弥勒佛。大家都笑了，心想：只有兄弟同心，才能雕出这样好的弥勒佛。

五 开心一刻

推销心理学

天桥上，风很大。李娅提着一个黑色塑料袋，随着人流往前走。这时一个头戴嘻哈帽的小伙子，挡住了李娅的去路："大姐，买一瓶洗发水吧！"

李娅最讨厌这些推销的了，她不高兴地摇了摇头，继续往前走。可这小伙子就是跟在李娅的后面，全力推销："大姐，你别走，只耽误你一分钟的时间，就能换回你百分百的美丽。"

李娅今天心情不好，大吼："你给我滚开。"

小伙子愣了一下，小声嘀咕："头皮屑多，脾气就是大。"

李娅回头，恶狠狠地瞪了小伙子一眼。可小伙子还是面露微笑，继续推销："要想拴住男人的心，就该洗去头皮屑，打扮得光彩照人。"

小伙子的话，一下就戳到了李娅最敏感的神经。老公没钱，可他就是靠着一张俊脸，常在外面拈花惹草。

小伙子很聪明，他好像看出李娅的心思，继续说："大姐，要是你打扮起来，比那些小三漂亮多了……"

小伙子的嘴巴很甜，一会儿就把李娅的心说活了，她脸上露出了笑容。但小伙子不忙着推销洗发水，而是先介绍起了自己，他说他叫林波，是在校大学生，主修心理学。他暗恋班花，还向她表白了。可班花指着他的头发作了一首打油诗："昨夜寒风吹，今早满头白。要想我来爱，打扫头上雪。"

李娅笑了："她是说你的头皮屑？"

"大姐真聪明，自从我用了去得快洗发水，头皮屑没了，班花也和我相恋了。为了更多的头皮屑患者能重获幸福，我就趁周末干起了推销。"

"揭开你的帽子我看看？"

林波小心翼翼地按着头发，揭开嘻哈帽，露出了柔顺的头发来。李娅定睛一看，真的没有头皮屑，她高兴地说："我买两瓶。"

林波低下头，从挎包里拿洗发水。这时一阵大风刮来，林波的假发被吹走了，只露出一个秃顶来。

"你这个天杀的骗子，竟然敢骗我！"李娅一阵狂骂。林波难过地蹲在地上，说："大姐，我也是受害者。我用了去得快洗发水后，头发都掉了。后来我找到了那个黑心的厂家，他们答应给我两万元的赔偿，就是这些洗发水。"

李娅再也不想听林波唠叨了，直接甩手就走。林波急了："大姐，这洗发水还有妙用，比如对付那些出轨的男人。只要他们和我一样变成秃顶，就再也没有女人喜欢他们了。"

李娅一听，丢掉黑色塑料袋里的尖刀："给我来五瓶洗发水。"

李娅提着洗发水走远后，林波才揭掉他头上的秃顶假发，露出茂密的寸头来，骄傲地说道："推销心理学可不是白学的啊！"

免费品尝

阿秀是个精明的家庭主妇，不管买什么食品都要先尝尝，因此总能买到物美价廉的食物。最让阿秀骄傲的是，在一次美食节上，她从东边尝到西边，花了两元钱给儿子买了一串最具特色的羊肉串，自己还吃了个饱，省了一顿午饭钱。

这一天，阿秀看见超市外面围满了人，好像在宣传什么产品，大幅标语上写着：免费品尝。她一看到这几个字就迈不开步了，于是挤进了人群中。只见一张长方桌上摆满了小碗，每一个小碗后都插着牌子"贝贝乐"，从第一阶段三个月到第八阶段五岁，显然这是婴幼儿食品的免费试吃。

阿秀的儿子已经十一岁了，不可能吃这些婴幼儿产品，但要放过这个机会又可惜，于是她就对穿着红旗袍的美女推销员笑眯眯地说："我要品尝！"

推销员立刻说："好的，请把你家宝贝带来。"

阿秀忙说："不用，我尝了也一样。"

推销员惊讶地问："这位女士，你真的确定要品尝吗？"

阿秀理直气壮地说："当然了，现在食品问题那么多，只有我尝了才敢给宝贝吃。"围观群众都佩服地看着阿秀，甚至还有人鼓掌叫好。

阿秀也不客气，她端起小碗，吃完第一阶段的试吃品后说："奶味淡了，口味也不佳。"

推销员好脾气地笑着说："你提的意见好，我们会改进配方，增加香味的。"

阿秀端起第二阶段的小碗，慢慢吃完，虽然很香，但有一点怪味。可推销员眼巴巴地盯着阿秀问："味道怎么样？还尝第三阶段的吗？"

阿秀这些年积累了不少试吃经验，她知道如果说产品不好，就尝不到第三阶段了，于是就做出很享受的样子说："味道不错，我家宝贝肯定喜欢。我要全部尝完，才能给他吃。"

推销员捂住嘴笑了，阿秀也就一碗一碗地吃完了，但那怪味越来越浓了。阿秀忍不住地问："这里面还加了什么？"

"猪骨头。"

阿秀赞赏地竖起大拇指："吃了这'贝贝乐'，还省了补钙的钱，真划算。"

大家听了阿秀的好评，都争相购买。阿秀心里暗喜，又省了一顿晚饭。推销员更是乐开了花，还送了一袋"贝贝乐"给阿秀："你真是一个好主人，要是我下辈子能投胎，就做你家的狗狗，被主人如此宠爱。"

阿秀赶忙仔细再看，只见"贝贝乐"后面还有两个小字：狗粮。

百米冲刺

　　李川是省队 100 米短跑教练，趁着暑假，他在育才中学选拔学员。学校安排了几个体育苗子，准备早上九点在操场上进行短跑测试。

　　李川早上六点起床，他先在学校的操场上跑了一圈，然后就开始调试手里的 DV。突然，从操场处跑来黑压压的一群人，他们奔跑的速度让李川咋舌。李川来不及细看，就把 DV 对准了跑在最前面的人。才一会儿工夫，人群就已经迅速穿过操场，整齐地排在了一个窗口前。

　　李川播放刚才拍的视频，看见跑在最前面的是一个中年妇女，她低着头，弓着腰，全力冲刺。紧跟其后的是一个强壮男人，他的肩上还扛着一个瘦弱的女学生，却昂起头猛冲，像是要和谁拼命一样。排在第三的是一个清瘦的老大爷，他仿佛练过轻功，脚尖一点地，就飞了出去。李川从他们跑入百米赛道算起，跑在前面的三个人都打破了省队的纪录。

　　李川兴冲冲地找到周校长，把 DV 递给他看。周校长最后脸一下变得煞白，他问："你要干什么？"李川兴奋地说："请你帮我找到这个强壮男人。"

　　周校长很紧张，他打了一个电话，保安就把强壮男人带到了李川面前。李川对强壮男人说："你在百米赛道上跑一次，只要跑出好成绩，就可以破例进入省队。"强壮男人听了很高兴，他听到李川的口令后，如箭一般冲了出去。

　　李川兴奋地拿着秒表，可他的表情却越来越失望，他疑惑不解地对周校长说："他刚才怎么跑得那样快？"

　　周校长却扯开话题说："李川，你把这段视频删了，要是传到网上，明年小升初会更乱。"李川不懂，周校长含蓄地说:"今年我们学校成绩排名拿了省里第一。"

李川一下子明白了,原来为了给孩子报名,家长们不顾一切地狂奔,才跑出打破省队的好成绩的。

谁当低保户

乡里分给赵王村两个低保户的名额。赵村长略加思索后，定下了两个村民。为了透明公开，他召开村民大会，宣布这次的低保户为赵有奎和王湖。

按理说这两人是最符合低保条件的：赵有奎今年八十岁，住在低矮的烂瓦房里，经常吃了上顿没下顿；王湖是村里最穷的人家，他身上连条像样的裤子都没有。可名单一公布，就引起了轩然大波。

村民说，赵有奎有三儿两女，家庭都很富裕，就是不赡养老人。更让人不容的是，赵有奎的户口和大儿子在一起，如果赵有奎享受低保，那他大儿子一家六口都要跟着享受低保，太不公平了。赵村长想了想觉得有理，就在赵有奎的名字上画了一个红红的叉。

对王湖，村民的意见就更大了。王湖才三十多岁，身强力壮。要问他为什么那么穷，就是一个字懒。当别人为挣钱忙碌的时候，他就坐在牌桌子上赌，最后输得家徒四壁。要是他吃上低保，那就更不公平了。

赵村长看群情激奋，不敢大意，就在王湖的名字上也画了一个红红的叉。

接下来，赵村长让村民自己推选两个合适的人选，可大家叽叽喳喳地说了一通，怎么也统一不了意见。散会的时候，还有村民放出狠话："要是这次低保不公平，就到上面告去。"这让赵村长心里发凉。

低保牵涉到钱，不是小事，赵村长不敢大意，他回家后苦思冥想又定了六个人选。

再次开会时，赵村长让村民们六选二。可这次村民闹得更凶了，他们都说这六个人不能享受低保，而且说出来的理由也合情合理，赵村长只能摇头，把这六人否决了。

眼看别的村都交了低保名单，而赵王村迟迟没有音信，乡长打电话怒问赵村长是不是不想要钱了。

赵村长硬着头皮再次召开了村民大会，他给每家发了一张选票，想用不记名的方法，选出享受低保的人。

半小时后，赵村长收回选票，心想后面的事就简单了，谁的票多，谁就当选。赵村长得意地喝着茶，为自己的聪明兴奋不已。

唱票人在一块大大的黑板上写着备选人的名字，赵村长看着黑板上越来越多的名字，眉头越皱越紧。

当唱票人满头大汗地写完选票后，赵村长一头栽倒在了地上。那黑板上密密麻麻地写满了每一户村民的名字。

过了很久赵村长才从地上爬起来，他有气无力地说："我宣布我哥和我弟是今年的低保户。"

话音刚落，台下就响起谩骂声，有人开始脱鞋子，准备往台上扔。这时赵村长擦了擦额头的冷汗，继续说："他们所得的低保金、扶贫款由村里人平均分配。"

六 情感世界

老人与狗

宝贝丢了

  清逸湖畔，有一个胖胖的红鼻子老人，他把鱼钩丢进湖中后，就懒洋洋地坐在小板凳上打盹儿。在老人的脚下，睡着一只黑色的小狗，他的身体随着老人的打鼾声一起一落，让人看了忍不住发笑。
  突然，老人的鱼漂急速的上下浮动，可他浑然不知。旁边钓鱼的姜辣急了，他飞快地拉起鱼竿，一条两斤多重的鲤鱼腾空飞起。见老人还在睡觉，姜辣推了他一把："老李，你钓到大鱼了。"老人却软绵绵地倒在了地上，鼻子里发出沉重的呼吸声。姜辣暗叫不好，赶紧拨了120。
  救护车很快赶到了，医生把老人抬到车上后问："谁是他的家属？"看热闹的人群里没有人回话，只有那只脏兮兮的小狗跑到救护车前摇头晃尾。姜辣主动站出来说："我们是钓友，我陪他到医院。"
  这个老人叫李谷，儿子小石头几年前去了非洲，他就成了空巢老人。因为抢救及时，李谷捡回了一条命。可李谷醒来就在枕头下一通摸，说："我的宝贝不见了？"姜辣笑呵呵地说："老李，这是医院。"李谷不好意思地笑了，摸出手机给儿子打电话，可儿子不在服务区。
  出院的时候，姜辣扶着李谷回家。屋里虽然布满了灰尘，但东西都放得整整齐齐，只有床上乱成了一团。李谷急了，他跌跌撞撞地跑到床边，在枕头下一阵翻，然后痛苦地大叫："我的宝贝不见了？"说完就摔倒在了地上。
  李谷的心脏病发作，生命垂危。姜辣不停地拨打小石头的电话，可就是打不通。李谷一直处在昏迷中，动也不动。医生说了，如果李谷再不醒来，那就凶多吉少了。

姜辣焦急地守在李谷的床边，一直喊着他的名字。突然，李谷的手动了动，还慢慢地往枕头下摸去。姜辣高兴地喊来医生，医生做了很多努力，可李谷就是昏迷不醒。

姜辣想起李谷回家就去看枕头下的东西，心想，是什么宝贝让李谷如此牵挂？也许找到这件宝贝，李谷就能醒来了。

侦 查

姜辣年轻的时候，做过侦察排长。于是他就想凭自己的力量，抓到小偷，找到李谷的宝贝。

李谷的家在一座老院子里，别的人家都搬走了，除了他，还有另一个老光棍儿住在里面。姜辣听李谷说过，这个老光棍儿从监狱里放出来以后，家里就经常丢东西。为了防贼，李谷安了防盗窗，换上了厚重的铁门。

姜辣仔细地检查门窗，没有发现被撬过的痕迹。姜辣转到小平房的后面，只看到一个漂亮的狗窝，没什么异样。那小偷是从什么地方进了李谷的家的？他怎么知道李谷的宝贝藏在枕头下？姜辣想了很久，只想到了一种可能，就是小偷对李谷很熟悉，知道李谷的宝贝藏在枕头下，还偷偷配了铁门的钥匙。等李谷住院了，他就偷了他的宝贝。那最熟悉李谷的肯定就是院子里的老光棍儿，他有重大的嫌疑。

为了找到证据，姜辣用钥匙打开了厚重的铁门，发现地上布满了灰尘，脚印清晰可见。姜辣一个个脚印辨认过去，那是李谷和自己的脚印，没有外人进屋。姜辣疑惑了，那小偷是怎么偷走李谷的宝贝的？难道是从天而降的？姜辣仔细地看着天花板，那是用混凝土浇灌而成的，要想从上面下来，比登天还难。

姜辣又对床进行了细致的检查，他发现了几个很小的脚印和一点黑色的卷毛。这不像是人的头发，有点像动物身上的毛。姜辣忍不住笑了，这李谷晚上肯定是搂着他那只小狗睡觉的。姜辣在屋里察看很久，却找不到一点有用的价值，于是就想去拜访一下老光棍儿。

老光棍儿看见姜辣敲门，很是奇怪。姜辣笑呵呵地说："感谢你这段时间对李谷家里的照顾。"姜辣说完就紧紧地盯着老光棍儿，而老光棍儿心虚地低着头扯着衣角。

姜辣走进老光棍儿的家，里面充满了霉臭味。老光棍儿很瘦，眯着一对小眼睛，惶恐地看着姜辣。为了缓和气氛，姜辣丢了一支烟给老光棍儿。老光棍儿吸着烟，还是掩饰不住内心的激动。

姜辣扫视了屋里一眼，除了一台破电视机，没有其他值钱的东西了。姜辣东一句西一句地和老光棍儿拉家常，老光棍儿就是没有露出一点蛛丝马迹。姜辣有点失望，走出了老光棍儿的家，但他还是不甘心地围着李谷的小平房转圈圈。老光棍儿跟在姜辣后面，幽幽地说："这平房修得像碉堡。"

姜辣不语，却对狗窝产生了浓厚的兴趣。这个狗窝是用纯木头盖成的，如别墅一样华丽。看样子李谷是请了专业的师傅修建的，肯定花了不少钱。

老光棍儿在旁边低嚷着说："李大爷是个怪人，我们是邻居，他连酒都舍不得喊我喝，却偏偏对这只流浪狗爱得要命，可狗是畜生，不领情呀！李大爷才住院，'孙子'就不见了。"

姜辣有点疑惑，就问老光棍儿："你说'孙子'是流浪狗？"老光棍儿回答："当然了，'孙子'是李大爷一个月前捡回来的。当时'孙子'身上很脏，看样子像是生病了，是李大爷把它抱到宠物医院治好的。"

姜辣听了很感兴趣，"孙子"是一只名贵的贵宾犬，是谁不要了？为何到了李谷的家？宝贝丢了，"孙子"怎么也不见了？难道"孙子"和宝贝的丢失有什么联系？

为了解开自己的困惑，姜辣爬进狗窝里察看，他发现了一个秘密。原来狗窝里有一个刚挖开的小洞，直通李谷的床底。难道说流浪狗就是小偷，它被人训练，从小洞里钻到李谷的房里，偷了李谷的宝贝？

姜辣反复论证，除了小狗，真的没人能进李谷的房间。于是姜辣认定"孙子"是被人故意丢弃，让李谷捡到，然后趁机偷了他的宝贝。

为了找到"孙子"的主人，姜辣在电线杆上贴了一张寻狗告示："我家丢了一只贵宾犬，被查出有携带狂犬病毒，于几天前走失。为了预防贵宾犬咬伤人，请知情人尽快告知我，必有重谢。"寻狗告示里还贴了一张"孙子"的照片。

姜辣贴了寻狗告示才一个小时，就接到了十几个电话，大家都说流浪狗在清逸湖边躺了很多天，估计要病死了。

姜辣赶忙去了清逸湖，他看见"孙子"守在李谷当时跌倒的地方，饿得奄奄一息，看样子已经很多天没吃东西了。姜辣突然有点感动，"孙子"肯定是在这里等着李谷呢。看来小偷不是"孙子"。

姜辣一时理不清头绪，就想带着"孙子"去医院看老李，就喊了一声："'孙子'，我带你去看爷爷。""孙子"欣喜地跳了起来，还从肚子下叼起了一个不倒翁，也不知道是它在什么地方捡到的破玩意儿。

姜辣带着"孙子"到了医院，"孙子"立刻扑在李谷的身上乱舔。李谷竟然动了一下，"孙子"欢快地叫着，把不倒翁叼到了李谷的手里。李谷的手紧紧地握住不倒翁，眼角流出了一滴清泪。姜辣赶忙喊医生，经过治疗，李谷神奇般地醒来了，但不会说话，只是抱着不倒翁哭。

儿子的电话终于打通了。小石头知道父亲病重，连夜坐飞机赶了回来。

李谷看到儿子，开心地笑了，他指着不倒翁，全身都在颤抖。小石头告诉姜辣，这是他从非洲给父亲带回来的不倒翁，父亲一直当宝贝藏着。姜辣终于明白了：小偷就是"孙子"，它偷了不倒翁，想要带给李谷。

　　病床上，李谷有点不高兴，双手乱舞，费了好大劲才喊出一声："开。"小石头听懂了父亲的意思，他拿着不倒翁，使劲地一扭，不倒翁竟然被打开了。里面放着小石头小时候的照片，每张照片里，李谷都牵着小石头的手。

　　小石头看了，眼泪不停地流："小时候，父亲紧紧地牵着我的手。可父亲老了，我却放开了他的手。"

　　姜辣的眼泪流了出来，每一个儿女都是父亲心头的宝贝。可是，很多宝贝走丢了，都找不到回家的路了。

山寨疑云

夹金山下,有一个古老的山寨。山寨最近发生了一件怪事,人们的脸上都笼罩着恐怖的阴云。

这件事还要从胡老大去采野蝉花说起。野蝉花其实就是死了的蝉,染上一种菌丝开的黄色小花,有很高的药用价值,号称"大虫草"。

胡老大在采野蝉花的时候,看见两条黑蛇缠在一起恩爱。他回家后就得了重病,脸色蜡黄,身上还一层一层地脱皮,看起来特别恐怖。

老山寨里有一个古老的魔咒,如果有人看见两条蛇恩爱,就会中邪气,那不死也要脱层皮。

要想破了蛇的邪气,必须在看见两条蛇的时候,闭上眼睛,然后扯下裤腰带拴在两棵小树上,大声说:"我什么也没看见,是小树看见的。"如此一来,那两棵小树就会受到诅咒,替人死去。

村民都怪胡老大不扯裤腰带拴住小树,所以才被蛇缠上了。可胡老大有气无力地说:"我扯下皮带,拴在两棵小树上了。"

有人进山后,确实看见一条皮带拴在两棵小树上。大家便怀疑是因为皮带没有裤腰带有灵性。从此以后,村民进山都拴了裤腰带。

可噩运还是降临了,胡老二和胡老三先后进山,他们都在深山里看见了两条缠着的黑蛇。他们也扯下裤腰带拴住了两棵小树,可回家后还是犯病了,症状和胡老大一模一样。村民害怕了,都谈蛇变色,再也没有人敢进山采野蝉花了。

周昊是野蝉花加工厂的老板,接连几天收不到野蝉花,心急如焚。野蝉花在八月开放,要是村民都不进山采野蝉花,那就要错过花期了。如此一来,周昊的投入就没有了收益,那些欠下的债怎么还?

周昊是出了名的周大胆,他根本不相信迷信,还想找到那两条蛇把它们杀掉。他心想,只有解除村民心中的魔咒,才会有人上山采野蝉花。

可周昊在深山密林里转了两天,只找到了胡家三兄弟用皮带和腰带拴住的六棵小树,就是没有看见蛇。

周昊看着满山遍野盛开的野蝉花,直喊可惜。于是就想到了一个好办法,他要治好胡家兄弟的病,让他们相信科学。

周昊马上给医学院的李教授打了电话,他可是自己的老同学,最喜欢研究疑难杂症了。

李教授很快就赶来了,周昊带着他去了胡老三的家。只见胡老三脸色蜡黄,躺在床上直哼哼。李教授问他什么地方痛,他也说不上来。

李教授检查后,眉头越皱越紧。周昊着急了:"老同学,他得的什么病?不会和那魔咒有关吧?"

李教授不说话,他用手在胡老三的脸上擦了擦,再让周昊端一盆清水进来。

见此,胡老三脸色大变,突然坐了起来。周昊把他按在床上说:"别怕,李教授肯定能救你的命。"

李教授用清水在胡老三的小腿上洗了洗,露出了他光洁的皮肤。胡老三"哎哟"一声,就晕了过去。

李教授笑了,他让周昊带他到胡老二的家。他仍用手擦了擦胡老二的脸,再用清水洗了洗他的小腿。

李教授什么也没问,转身就要走,胡老二痛得直哼哼:"李教授,我是不是没救了?"

李教授不说话,要去看胡老大。可胡老大的老婆悲切地说:"他死了。"

李教授听后转身又要去看胡老二和胡老三,可他们的家人都不肯。李教授的眉头紧紧地皱在一起，周昊不安地问："老同学，他们得了什么病？"

李教授揉了揉发痛的额头说："从目前的情况来看，这两个人都没病。他们只是在脸上敷了薄薄的一层土，身上抹了一种汁液，所以看起来像是脱皮了。"

李教授做了一个大胆的决定，要夜探胡老大的坟，查看他的死因。周昊怕李教授有危险，也要跟着去，李教授点头答应了。

夜深人静，两人按白天踩好的点，去找胡老大的坟。说来也奇怪，胡老大的坟远离山寨，在人迹罕见的深山里。

胡老大的坟是用红土堆成的，坟前还铺了一层纸钱。李教授和周昊走了过去，想祭拜以后再开挖，哪知道踩在了纸钱上，落进了一个陷阱中。

这时外面突然传来了杂乱的脚步声，不等周昊摸出手机，铺天盖地的水就泼了下来。眼看水已经淹到肩膀了，一支手电筒才照了进来，周昊借着光看见了一张络腮胡子的脸，他惊叫起来："怎么是你？"

胡老大哈哈大笑："周老板，这古老的魔咒被我利用起来，就是为了整垮你的蝉花加工厂。可你不知好歹，还找了李教授来，他差点就看出我的两个兄弟是装病了。我就只好设计了这个陷阱，请你这个禽兽入瓮，让你享受一下我当年的滋味。"胡老大说完，带着两个兄弟就走了。

周昊大喊报应，都怪自己当年心狠手辣，在药材收购站里挖了一个大陷阱，专门对付山里人。他让卖药材的车掉进陷阱里，还说他们压垮了药池，逼着他们赔损失，害得他们的药材虽然高价卖了，可还是空手而回。

当年的胡顺就是胡老大，他简直一根筋，接连被坑了两次才醒悟过来。可周昊当时已经关了药材收购站，转行开起了药材加工厂。没想到冤家路窄，竟然在这里遇上了。

李教授听了周昊的话，直骂他黑心，说自己交错了朋友。

其实周昊早就知道错了，他这些年赚的钱捐了不少到孤儿院，就是想弥补当年的过错，以求心安。

两人在陷阱里冷得直发抖，可手机都被打湿了，无法和外界联系。周昊喊破嗓子，也只能听到自己的回声。

第二天天亮后，李教授看了看陷阱里的情况，发现离地面足足有三米高，他就是踩在周昊的肩膀上，也爬不上去。周昊冷静了下来，他抓起随身落下来的锄头，在黏性极好的陷阱边挖出了一个个小洞。

到了锄头挖不到的地方，周昊就让李教授爬到自己的肩膀上继续挖。这些小洞一直挖到了陷阱边，瘦弱的李教授如猴子一般，双脚踩在小洞里，双手抓住小洞，一路攀爬，竟然出了陷阱。李教授找来一根青藤，把周昊拉了上来。

两人下山的时候，看见了一个十三四岁的小姑娘，她被一条形如枯叶的五步蛇咬伤了，生命危在旦夕。周昊一下就想起了自己的女儿，他不顾一切地冲了过去，扯下鞋带绑住女孩的小腿，为了不让毒液往上冒，他张嘴就去吸毒液。

李教授急了，大喊危险，周昊笑了："没事，你快去找重楼，有七片叶子一种花，能治蛇毒。"

李教授赶忙钻进树林里寻找重楼，而周昊还使劲地吸着那个蛇牙印，吸完再把毒血吐出来。这时，身后却突然传来一声怒吼："我打死你这个畜生。"周昊只觉得脑袋一阵刺痛，然后就晕了过去。

周昊醒来发现自己躺在一间小木屋里，可就是不见李教授的人影，也不知道这是什么地方。这时外面传来一阵磨刀声，周昊挣扎着爬起来，看见窗外架着一口大锅，里面的水正冒着热气。胡老大专心地磨着一把长刀，嘴角还露出了冷酷的笑容。

周昊有点害怕，他不敢从正门出去，于是小心翼翼地推开了后窗。眼看他就要逃出去了，门却突然打开了，胡老大揸着长刀冲了过来，把卡在窗子上的周昊拽了下来。

周昊双腿一软跪在地上说:"胡老大,别杀我做肉汤,我把蝉花加工厂都给你。"

胡老大笑了:"我不稀罕你的蝉花加工厂,咱们以前的仇恨也一笔勾销。以后你就是我们山寨的恩人,我们都为你去采野蝉花。"

周昊疑惑不解地站了起来,这时不知什么时候站在屋里的李教授说:"你正在为那小姑娘吸毒的时候,被胡老大打了一棒,之后他才看清楚你是在为小姑娘疗伤。他流着眼泪背你下山,还求我一定要救活你……"

周昊自作聪明地问胡老大:"那小姑娘是你的女儿,对不对?"

胡老大摇头:"她不是我女儿,也不是我亲戚。但我们山里人都敬重舍身救人的人,所以你是我们全山寨的恩人。"

周昊听了很感动,也为自己曾经做过的坏事汗颜,他要把当年的药材钱,加倍还给胡老大。可胡老大就是不要钱,他要忙着去杀鸡宰羊。

全山寨的人都来了,他们端起酒杯,感谢周昊和李教授对小姑娘的救命之恩。

周昊低头不语,他想起了山中的野蝉花。蝉死了都要开花治病,那活着的人更得多多行善呀!

仇将恩报

半路抢车

凌波从农村进城,开了一家水果店,卖了十多年的水果。有了些钱后,他在城里买了房子,还把儿子送到了贵族学校。与同村的人比起来,凌波混得不错,可他却不开心。就说前几天吧,他读高三的儿子晓晓,在学校与一个富二代争女朋友,结果被打得鼻青脸肿,儿子受不了这样的侮辱,不肯再去读书了。

儿子不去学校读书,整天就在家上网,玩游戏,半夜都不睡觉。凌波为此伤透了心,可老婆就是宠着儿子,他也没办法。

国庆节快到了,凌波决定去山里进一批苹果,他想让儿子一起去体验一下生活,知道挣钱的不易。可儿子死活不同意,气得凌波摔门而去。

凌波开车经过土拔山时,山上的雾很大,能见度特别低,他小心翼翼地开着车,刚转了一个弯,就看见一辆宝马车躺在水沟里。

就在凌波惊讶的时候,路中间突然跳出了一个人,吓得他赶紧踩了刹车。那个人飞快地跳上车,看见凌波后一愣,然后脱口而出:"怎么是你?"

凌波一见这个人,火气就大了。这个人叫李灿,就是他打了晓晓,凌波找了他好几次,他就是不认错。而他的妈妈仗着有钱,说话更是盛气凌人。没想到冤家路窄,在这里遇见了。

李灿见是晓晓的爸爸凌波,本想马上下车的,可想到刚才雾大,自己把车开到沟里去了,还偏偏遇见了两个骑摩托车的小混混，把自己身上的钱和手机都抢了。现在如果不搭这辆车，那自己就只能在山上过夜了。想到这里，李灿只能硬着头皮继续坐着。

凌波见李灿不但不走，还坐在了副驾驶的位子上，就特别生气，于是就用手推李灿下车。可李灿用脚死死地勾住车子，就是不下车。

凌波见这招不管用，就跳下车，拉开右面的车门使劲地拉李灿。李灿就往里面躲，最后他跳到驾驶员的位置上，轰大油门就要开车跑。凌波急了，赶忙跳到副驾驶的位子上，他大声喊着："小心，雾很大。"这辆车可是凌波的命根子，他还要靠着它挣钱。

李灿这下得意了，他发出愉快的尖叫声，把车开得飞快。凌波不敢去抢方向盘，只能紧盯着前方，向左向右地指挥。

好不容易下了盘山路，看见了土拔乡，李灿把车开到街口，跳下车就跑了。

爸爸救我

凌波身上的冷汗已经把内衣打湿了，他不由得摇头叹息，现在有钱人的小孩太疯狂，难怪那么好的一辆宝马也翻下了沟，真是他父母太有钱惹的祸啊。情绪一放松，凌波的肚子就唱起了空城计，他把车停在一家小饭馆前，进去点了一菜一汤，就吃了起来。

再说李灿，他下了车，跑进一家副食店里，刚拿起公用电话准备给父母打电话，就看见一辆摩托车开了过来，李灿眼尖，这不就是抢自己东西的那两个歹徒吗，于是他大吼一声："强盗，还我的钱包和手机！"那两个混混看李灿瘦小单薄，一点也不怕他，挥拳就打了过来。

李灿这时才感到自己的渺小，他只觉得脑袋一阵剧痛，鲜血流了出来。他从地上爬起来，捂着头就跑。那两个混混也真是丧心病狂，竟一路追了下来。

李灿边跑边喊救命，可街上的人却无动于衷。李灿跑过小饭馆，看见凌波在里面吃饭，灵机一动，便大声对凌波喊道："爸爸，救我！"

凌波愣了愣，他见满脸是血的李灿大声喊着，又看见他身后追来了两个人，心里明白了，他没多想就抓起板凳冲了出去。那两个混混看见"爸爸"高大健壮，也不敢再追，返身就跑远了。

凌波见没事了，就回小饭馆继续吃饭。李灿傻傻地站在那里，好半天才咽了咽口水，也走进了小饭馆，他张嘴让老板炒了几个菜，埋头就吃起饭来。

李灿吃得很快，待凌波站起身结账时，他已走了。老板一按计算器，报出一个数字，凌波觉得不对，老板说还有你儿子的饭钱。凌波生气地说："我不认识他，干吗要多付钱？"

老板以为他是故意耍赖，立即从厨房里拿出一把菜刀，怒吼道："我看到你们父子在外面打架，人家怕你们，我不怕！如果你不给钱，我就让你白刀子进，红刀子出！"

看着老板挥舞着手里的菜刀，凌波吓得不轻，只好掏钱付了账。

出了小饭馆，凌波来到自己车前，一抬头，他的火气就上来了，原来李灿已经在车上了，他对李灿说："下来，下来，再不下来，我揍你！"

李灿死死地抱住车门，耍赖道："你是我爸爸，我就要跟着你。"

凌波见赶不走他，冷笑着说："好，如果你不怕死，就跟着我吧。"说完他就轰大油门，往一条山路开去。

实际上李灿是怕再遇上那两小混混，所以就想跟着凌波回家。但现在他发现情况有些不对头，那条山路越来越陡，两边都没有人烟，而且天也越来越黑了。李灿环顾四周，他越想越害怕，上次他打了晓晓，如今晓晓爸爸不会把自己杀了，丢到山下的河里去吧？

不知道开了多久，车子在山顶停了下来。凌波跳下车，在车灯的照射下，捡起一块大石头，就往车子冲来。李灿的心又提了起来，难道他要用石头把自己砸死？李灿赶忙跳下车，可外面黑乎乎的，什么也看不见。

凌波把石头放到车轮下，然后上车趴在方向盘上，看样子是打算在这里过夜了。李灿这才松了一口气，他靠在树上，瞪大眼睛，但后来还是不知不觉地进入了梦乡。

领悟感恩

天亮了，李灿醒来后发现自己身上披着一件衣服。再一看，山民们已经背着水果筐陆陆续续地过来了。李灿松了一口气，原来昨晚是虚惊一场。

凌波一边和山民们打招呼，一边开始收苹果，累得满头大汗，到中午了也没有要歇息。

李灿闲得无事，就四下转，他看见一个和自己差不多大的瘦弱男孩，背了一个大筐，那筐苹果压得他喘不过气来。李灿很不解，他家里的钱多得用不完，他妈妈从不让他干活儿，哪怕是一件小事。难道小男孩的妈妈不疼他？李灿跟着小男孩来到他家。此时李灿已知道，小男孩叫阿川。

阿川的家，就在停车处下面，是三间矮矮的泥砖房。院子里鸡飞狗跳，满地鸡屎，看了就恶心。李灿皱起眉头跟进屋，阿川从桌上的一个大盆里拿出一个洋芋，客气地递给李灿。李灿肚子已经饿了，他就咬了一口，发现什么味道也没有，就随手丢了。

阿川有些不高兴，这是他们家的主食啊。但阿川的妈妈见来了客人，马上吩咐儿子："阿川，你去煮几个鸡蛋。"

趁着阿川煮鸡蛋，李灿再次打量他的家，发现除了那一张张奖状外，屋里就只有一台破电视机。在墙角的椅子上还坐着一个身体僵硬、脸色苍白的男人，估计是阿川的爸爸。

阿川煮好鸡蛋，让李灿给他"爸爸"送去。李灿想说外面那个收苹果的人不是他爸爸，但最终还是把话压了下去，他说："你以后有什么困难就来找我，我一定帮助你。"

阿川说："不用，不用，我们已经欠你爸爸太多了。"

两个差不多大的孩子很快就熟悉了，他们亲热地说着话。李灿第一次感到自己的心开始和他人走近了。

下午，天又下起雨来。阿川背起一大筐苹果，一摇一晃地出了门。那条小路又湿又滑，他险些摔倒。李灿赶忙冲了过去，扶着他到了车前。

李灿的眼角有点湿润，他冲到凌波面前说："你借我一千元钱，我回去后还你！"凌波奇怪地问："你要那么多钱干吗？"李灿看了一眼阿川，说："我想帮帮他。"凌波明白了，于是就拿出了一千元钱。李灿马上就把钱塞给了阿川，他说："你们不要背苹果了，以后你家的开支由我出。"

阿川怎么也不肯收："谢谢你的好心，等我考上大学，挣到钱，就给爸爸治病，我们一定会好起来的。"不管李灿怎么给钱，阿川就是不接。

黄昏，雨停了，苹果装满了车，凌波开车下山了。车开了很久，李灿才开口："凌师傅，阿川家那么穷了，可他为什么不要那一千元钱？"

凌波早就想好好教育一下李灿了，见他这么问，就感慨地说："他们虽然穷，但也有尊严，那是金钱买不到的。你们家有钱，但你想过穷人的尊严吗？"李灿的脸红了，他低着头不说话，陷入了沉思。

车子下山后，上了大道。刚走到收费站，就见前面停了几辆警车，一个胖交警站在路中间，让凌波停车。

凌波停好车，拿出驾驶证，胖交警说："你去填一个表格就可以走了。"

凌波跳下车刚离开，胖交警就小声地问李灿："你是李灿吗?"李灿吃惊地点头。那个胖交警就大喊:"就是他。"

只见从警车上跳下几个警察,一下就把凌波按在了地上,还给他戴上了手铐。李灿不知道发生了什么事情,吓得大叫。这时,李灿妈妈从警车上跳了下来,她看见李灿头上的伤,心疼地哭了。

原来,李灿父母一直打不通儿子的电话,他们认定是有人绑架了儿子,就报了案。李灿妈妈摸着儿子头上的伤,指着凌波大骂:"你这个天杀的穷鬼,太恶毒了,就应该拉出去枪毙。"

李灿赶忙捂住妈妈的嘴说:"妈妈,你错了,是凌师傅救了我。"

经过李灿的一番叙述,大家弄清楚了事情的来龙去脉,都哈哈大笑起来。

李灿妈妈红着脸说:"凌师傅,谢谢你救了我儿子。"

李灿亲热地扑到凌波怀里,真心实意地说:"晓晓爸爸,我回去就给晓晓道歉,我知道感恩了。"

谁在演戏

　　市川剧团十年前就已经名存实亡了，团里每个月只给演员们发一点生活费，他们只好各奔东西。团里的台柱子冯川挣不到出场费，连家也养不起了，被逼无奈之下，他把剧团二楼承包下来开了茶楼。这样既可以在剧团里排练，又能赚几个小钱。

　　还别说，冯川真是选对了路。十年来，冯川只演出了十几场，可茶楼的生意特别红火，他用挣到的钱买了别墅，还换了小车。只是他一点也不快乐，经常一个人站在舞台上发呆。

　　要过年了，冯川要去古龙镇买点山货，他看见面前走来两个老人。老大爷躬着背，背上长了一个大包，走起路来东倒西歪，好像要跌倒一样。老大娘满头银丝，衣服裤子上都是泥，她努力地挽着老大爷不让他摔倒。

　　街上的人看见他们走来，都主动让开一条道。旁边一位热心的大婶说："老嫂子啊，你们都这么大的岁数了，怎么还来赶场？缺什么东西，就让你儿子买回去。"

　　说起儿子，老大娘的眼泪掉了下来。大婶慌忙问："难道你没儿子？"老大娘用满带油污的袖子抹着脸上的泪说："我儿子在高原上做木工，都十年没回家了。"旁边就有人大骂她的儿子不孝。老大娘慌忙解释道："我儿子很孝顺，每年都给我寄五百元钱回家。"有人冷冷地说："现在的五百元钱能买什么？肚子都填不饱。"

　　老大娘扶着老大爷来到肉摊，对卖肉的说："快过年了，给我割半斤肉。"卖肉的大姐看她那么可怜，就给她割了三斤肉，不收她的钱。她坚决不同意，摸出一个又脏又黑的小布包，掏出一张张皱巴巴的零钱，最大面额只有一元。

有个刚从外地打工回来的小妹看得心酸,就悄悄地塞过来十元钱。老大娘慌得赶忙把钱还给小妹,可小妹飞快地离去了。

街上很多人掏出钱给老人。老大娘大声说:"你们挣钱也不容易,也要养家糊口,这些钱我不能要。"可她越是这样说,给钱的人就越多,还惹来了阵阵赞叹声:"还是好人多呀!"卖肉的大姐找了一个塑料袋,帮老人把钱都收了起来,她劝两位老人:"你们快回家吧!"老大爷咿咿呀呀地不知道在说什么,还不停地向卖肉的大姐鞠躬。老大娘说:"他中风了,说不出话来,他是感谢你们这些好心人呢。"

冯川看着这一幕,眼泪掉了下来,他掏出一百元钱,塞进了老大娘提着的袋子里,然后转身离去。他要马上回老家,回去看看年老的爸爸妈妈。

冯川从父母家里出来后,心里充满了愧疚,他都几个月没去看他们了。想到妈妈脸上兴奋的笑容,以及紧紧地拉着他的手,他就想哭。

冯川慢慢开着车,他的思绪还沉浸在浓浓的亲情中。突然,他发现路边有一对中年男女,他们看起来很面熟,可他就是想不起自己在什么地方见过他们。

只见那两个人亲昵地进了一个大院,女人手上提着一个塑料袋,上面还染有鲜血。冯川一下就想起来了,这是那个老大娘装钱的袋子,可是袋子怎么在他们手上?难道老大娘的钱被他们抢了?顿时一股热血冲上冯川的头顶,他拿出手机准备报警。就在这时,那个女人突然回头,只见她的嘴角长着一颗黑痣,竟然和老大娘一模一样。冯川猛地惊醒过来,这是遇上职业乞丐了,他们的化妆和演技实在太高了,竟然骗过了演戏多年的自己。

一股怒火冲上头顶,冯川决定揭穿他们了,他要拍下他们的罪证,让他们能不再害人!于是,冯川拿出手机蹲守在了车里,这一待就是一夜。第二天早上,大院的门开了,里面走出一群老人，还有几个身有残疾的小孩。冯川更加愤怒了，这里就是一个乞丐窝。直到下午，才见那对中年男女推着一辆破旧的自行车出来，车上还坐着一个衣着破烂的小女孩。冯川气愤地想，这个女孩肯定是他们拐来的。

自行车在大街小巷穿梭，最后在一个垃圾场停了下来。两人钻到垃圾场里磨蹭了一个多小时才出来。这时衣着光鲜的两人，已经换上了破烂的衣服。女人扮的还是老大娘，只是男人变成了一个头戴安全帽的农民工。

三人一前一后地走到地铁口，蜂拥而来的都是下班的人。冯川很佩服他们，选的时间刚刚好。

这时，农民工突然跑了起来，老大娘在身后大声喊道："小狗子，站住，你给我站住。"农民工一边跑一边掉着眼泪，说："妈，你快回去。"老大娘一颠一颠地跑着，还不停地说："我不要你给钱，我只要你回家。"农民工不说话，还在拼命地往前跑。

老大娘突然脚下一滑，摔倒在了地上，嘴里还发出了一阵痛苦的尖叫。农民工听到尖叫声，赶忙往回跑，他大声喊着："妈，妈，摔痛没有。"老大娘艰难地爬了起来，可又重重地摔了下去。

农民工赶忙把老大娘抱了起来，见"娘"只是脚上蹭破了点皮，就又想转身走。这时老大娘凄凉地喊道："儿啊！你不要走，你和我一起回家过年！"

有几个人看不下去，拦住了农民工，他们说："你不能丢下自己的妈妈不管！"农民工小声说："不关你的事，你走开。"有个老大爷生气地说："大路不平路人铲，我今天就要管管你这个不孝的龟儿子。你为什么不回家？没钱吗？"农民工昂起头说："我有钱，可我就不回去，就不管她！"

这话让人群骚动起来，还有人破口大骂。突然从人群里钻出一个小女孩，她抱着农民工的腿，哀求道："爸爸，我们回家过年。"老大娘兴奋地喊道："英子。"小女孩忙扑了过去：

"奶奶，你不要怪爸爸，他有难处。"老大娘搂住小女孩问："什么难处？"农民工急了，大声喊道："英子，不能说。"他说完跑过来抱起小女孩就走，小女孩急了，一把揭下了农民工的安全帽，只见他的头上只有几根稀疏的头发。

老大娘惊叫道："儿啊！你怎么了？"小女孩嘴快地说："奶奶，爸爸刚化疗完，没钱回家，又怕你担心。"老大娘扑上前去抱着农民工就大哭。围观的人悄然落泪，不知道是谁带的头，一张张百元大钞落在了地上。

老大娘看着钱落了下来，大声说："我不要你们的钱，我回去就是砸锅卖铁也要治好我儿子的病。"围观的人想她是乡下人，肯定不知道治疗癌症要花很多钱。看她一心救儿子，还不要施舍，都被她的母爱感动，纷纷往地上丢钱。

冯川用手机拍下了这一幕，他竟然发现自己已经泪流满面了，不得不感叹他们的演技实在太高了，明知道是假的，还把自己的眼泪引了出来。就在这一分神之间，那三个人已经收好钱消失在了人群中，冯川紧跟在他们后面，他还要选择报警的时间。

只见那三个人急急忙忙地往大院赶。等他们进了院子，冯川也跟了进去。他看见女人把钱交给一个老大娘后，他们就进了一间小屋，在里面换衣服，洗去脸上的妆容。

冯川还想进一步观察，可手机却不知好歹地响了起来。屋里人听见声音，飞快地跑了出来。冯川准备脚底抹油，赶紧溜。可他回头后惊呆了，身后竟然站了十几个老人，他们手里都拿着扫帚、拖把。他知道逃不出去，只好举起了手。

女人走出来看见是他，放声大笑说："你就是在古龙镇给我一百元钱的人？"

冯川小声说："是。"女人客气地说："请进。"冯川只好进屋。

一进屋，那个男人就带着审视的目光问："你跟踪我们做什么？"冯川壮了壮胆说："你们这样骗钱是违法的，我是记者，我要打110。"男人笑了："你误会了，我们只是在演戏，不违法。"冯川冷笑道："你们的演技太好了，已经骗了很多善良人的钱了，难道你们的良心不会痛吗？"

男人也不生气，说："你看看我的剧本，全部是真实故事所编。我赚来的钱，也是为了那些需要帮助的人。"

冯川接过来一看，还真是剧本，上面就有这两次他们演的戏。他暗暗叫绝，自己没戏演，而他们却编了剧本天天演戏。同时他又暗暗佩服，现在的职业乞丐太有才华了，如果用在正道上，那绝对是人才。

女人端来一杯绿茶递给冯川，男人说："我叫李大伟，曾经是省川剧团的演员。"冯川大吃一惊，就再次仔细一打量他，可不是嘛，的确是李大伟，自己在二十年前和李大伟搭过一次戏，可他怎么老得那么快？当年那么有名的角儿，怎么做起了职业乞丐的勾当？

李大伟说："你是冯川吧！我在古龙镇就看你很面熟，可就是想不起你是谁。"冯川看不起他的为人，说："不管我们多么穷，都不能拿演技来骗钱。"李大伟面露愧色，低下了头。冯川掏出手机，准备拨打110。

这时门外跑进来一个老大娘，她扑通一声跪在冯川跟前说："记者同志，你可不要告大伟，他可是好人呀！是我们拖累了他。"说完号啕大哭。

院子里也有一个男人在狂叫："记者王八蛋，你给滚我出来。你们就知道偷拍明星的隐私，怎么就不知道把我们这些要死的人拍下来，让大家看看我们是怎么挣扎在死亡边缘的。"

冯川胆怯地走了出去，只见一个秃顶男人正趴在地上狂叫。老大娘赶忙扶住他说："儿啊！你不要激动。大伟今天又带回钱了，我们明天就去化疗。"男人呜呜地哭了："妈，让我去死吧，不要再拖累大伟哥了。他为了我们卖了房，欠下了一屁股的债，如果再被警察抓走了，那我就是罪人了。"

李大伟也走了出来，他扶住男人说："大兄弟，你一定要坚强,一定要为你的母亲和女儿活着。"然后他转过身对冯川说,"你打电话吧!我不跑,就等警察来抓我。"见状所有的老人孩子都跑过来抱着李大伟哭,他们都说李大伟是为了帮助他们才出去骗钱的。

　　冯川已经明白是怎么回事了,毅然说道:"我也要加入你们的队伍!"李大伟激动地握住他的手说:"欢迎你加入我们巡回演出生活组。"两人目光坚定,决心要用自己的演技去帮助那些需要帮助的人!

草原上的婚礼

在雅鲁藏布江的青青草原上,有一户游牧藏民,母子俩相依为命。老阿妈头发花白,满脸皱纹。儿子阿桑个头矮小,身体瘦弱,喜欢唱歌。老阿妈经常手拿转铃为儿子祈福,希望儿子能早日成家。可阿桑每天都和牛羊待在一起,找一个新娘得多么不容易呀!

有一天,阿桑正躺在草地上睡觉,突然被一阵歌声惊醒了。歌声清纯甜美,肯定是个漂亮姑娘唱的。阿桑来了精神,马上放声高歌,他的声音高亢洪亮,引得姑娘柔声和唱。

阿桑跳上马,随着姑娘的歌声跑去。只见一片雪白的羊群里,藏着一个胖胖的姑娘。阿桑有点失望,正要离去时,姑娘害羞地唱起了古老的情歌,犹如天籁之音。阿桑忍不住停下脚步,用歌声与姑娘交流。

姑娘叫卓玛,与家人一起四处游牧,因为孤独爱上了唱歌。两人有相同的爱好,很快就心心相印了。到了谈婚论嫁的时候,卓玛的父母嫌阿桑身体瘦弱,不同意这门婚事。在卓玛的苦苦哀求下,老阿爸同意了。但他提了一个条件,只要阿桑能把卓玛抱回家,他就把女儿嫁给他。

从卓玛的帐篷到阿桑的帐篷,足足有三十里。要把卓玛抱回去,简直是公羊下崽——根本不可能。因为卓玛高大肥胖,有一百八十斤。而阿桑矮小瘦弱,只有一百斤。阿桑能把卓玛抱起来,走上三步都难,更别说三十里路了。

老阿爸摆明了就是拒绝阿桑,但阿桑发誓一定要娶卓玛为妻。他让老阿爸给他一年时间,他一定能把卓玛抱回家。老阿爸看阿桑意志坚定,就同意给他一年的时间。

阿桑骑着马出发了,他要去找草原大力士。大力士的家住在高高的乌托山，海拔有五千多米。沿路都是陡峭的山路，马儿根本上不去。

于是阿桑就把马儿寄在一户老藏民家，然后徒步往山上走去。他没走多久，就感觉空气稀薄，走路都喘着粗气。他歇了歇，继续前进。阿桑走了一天一夜，终于看见了大力士的家。他又累又饿，天旋地转间，一头栽倒在了大力士的门前。

扎西正在喝酥油茶，突然听到外面"扑通"一声。他赶忙走出帐篷，只见雪地里倒着一个矮小的小伙子。扎西把轻如小羊的阿桑提进帐篷，喂了他一口酥油茶，他才缓缓醒来。阿桑仰望着扎西，只见他身材魁梧，肌肉发达，不愧是草原上的第一大力士。

阿桑挣扎着爬了起来，跪在大力士跟前，说："大力士阿哥，请教我练力气吧！"扎西看着矮小的阿桑，摇摇头："你太矮小了，成不了大力士。"

阿桑把自己与卓玛的爱情故事讲给了扎西听，扎西沉默良久，说："我可以帮你，但你不一定吃得了这样的苦。"

扎西向阿桑讲起了他练成大力士的经过，他说他的父母早亡，为了养五个妹妹，他就把后山的树砍了去换钱。他天天扛树下山，不知不觉就练就了一身好力气，还在比赛中夺了冠。

阿桑听了心中发凉，自己在这条陡峭的山路上空手行走都难，更别说扛树下山了。扎西看阿桑有点害怕就说："你明天回去吧！你吃不了这样的苦。"阿桑想起了离别时卓玛期望的眼神，于是咬紧牙关说："我明天去扛树。"

第二天，阿桑和扎西一起去砍树。扎西选了一棵又粗又壮的大树，阿桑选了一棵瘦弱的小树。扎西在山路上健步如飞，很快就走得无影无踪了。阿桑却举步艰难，汗流满面。天黑的时候，阿桑还在山顶如蜗牛般爬行，而扎西已经返回来了。就这样，阿桑三天才能扛一次树下山，但他绝不放弃。

一年后，阿桑回来了，他看上去依然瘦弱。他又来求亲了，老阿爸无奈，同意三天后让阿桑来娶卓玛。但有一个条件，如果他让卓玛落地，那送亲的队伍就马上回去，阿桑答应了。

喜日到了,阿桑身穿新郎盛装,信心十足地来接新娘,却发现帐篷内坐着两个新娘,她们一样高,但一胖一瘦,都用绣着鸳鸯的红布盖着头。

老阿爸微笑着说:"阿桑,我给你一个机会,你可以选择瘦的那个姑娘,她比卓玛漂亮,而你也有机会挑战成功。"阿桑坚定地摇头,他就要娶卓玛。他毫不犹豫地抱着胖姑娘就走,送亲的队伍也随他而去。

阿桑抱着新娘一口气走回家,大家送给了他最热烈的掌声。新娘被掌声惊动,突然揭开了红盖头,却露出了一张男人的脸。大家都傻眼了。只见送亲的队伍后面,老阿爸手牵一个瘦高的新娘走了过来。阿桑揭开盖头一看,是卓玛。

原来阿桑走后,卓玛每天只吃一点牛奶,她要减肥,好让阿桑能把她抱回家。老阿爸看卓玛减肥后更加漂亮了,就更舍不得把女儿嫁给阿桑了。于是他就让卓玛的哥哥扮成新娘,来考验阿桑。没想到阿桑对卓玛情有独钟,坚持要选胖姑娘。老阿爸被他的坚定感动,就拉着卓玛跟了过来。没想到他力气还真大,一口气竟把卓玛的哥哥抱回了家。

大家都被新郎新娘的执着感动,双手合十为他们祝福。老阿妈高兴地端出大块大块的手抓羊肉,倒满大碗大碗的青稞酒。

大家席地而坐,大口喝酒,大口吃肉。阿桑兴奋地喝了几大碗青稞酒,脸色通红。有人问阿桑:"你是怎么练成大力士的?"阿桑羞涩地说:"是卓玛赐给我的力量。"

原来阿桑走的那天,卓玛送给他一块石头,她说石头代表着他们坚定的爱情。卓玛还告诉阿桑,如果想她了,就放一块石头在口袋里,要时刻带在身边。

阿桑天天扛树,想卓玛了就放一块石头在口袋里。一年后他还是只能扛起一棵小树,只是背上多了一袋石头。大家顺着阿桑的目光望去,那口袋里的石头起码有两三百斤重。

幸福赌局

现在有些年轻人，就喜欢抱怨，总感觉这样不好，那样不好，找不到一点幸福感。

李松就属于这样的人，总是抱怨别人的房子比他的大，车子比他好，女朋友比他的漂亮，于是便成了一个愤青。

有一天，李松去小超市购物，老毛病又犯了。他大声嚷嚷，说自己生不逢时，过得很凄惨。开车上班，堵成长龙。坐地铁上班，挤成肉饼。

一个清瘦的老头儿实在听不下去了："年轻人，你是身在福中不知福。你们这一代人多好，生下来就能吃饱穿暖，哪像我们当年还饿肚子呢。"

老头儿说话的语气和爷爷一样，这让李松十分反感："你们以前虽然吃不饱，可吃的都是原生态。哪里像现在不是转基因，就是地沟油，现在又出了毒疫苗。我们这代人活得多么辛苦，生活在沙尘暴中，看着台风四处肆虐，每天都生活在悲剧中。"

"现在网络发达，负面消息满天飞。你要多看正面消息，比如火车提速，卫星上天，潜艇下海，我们的祖国越来越强大了。"

李松听了心里来气，老头儿说得高大上，可这些与他这个小老百姓无关。老头儿还在教训李松，说吃饱穿暖就是幸福，千万要珍惜。

两人都是犟脾气，说着说着就争论起来，谁都不服输。老头儿激动得面红耳赤，要和李松打赌。他让李松带三斤大米，到原始森林如果能生存七天，老头就输给他一万元。如果李松没熬过七天就算输，那李松就要去烈士陵园，给先烈们磕三个响头。

反正李松休年假,有的是时间,就答应了这个赌局。超市老板高奎也来凑热闹:"为了公平,我做你们的中人,跟着李松去原始森林。"

说起高奎,他是退伍军人,精明干练,为人正直。如果有高奎做中人,李松和老头肯定不敢耍赖。

这时看热闹的人都激动了起来,他们让高奎准备好手机进行直播,他们要看这个赌博的全过程。

第二天两人就进山了,高奎拿着手机进行直播,观看的人数暴涨,还有人送礼物。李松这才明白高奎的小心思,他是想通过直播赚钱,还能增加粉丝量。

两人从一个山头进入森林,一路上郁郁葱葱,风景秀丽。李松激动不已,他在朋友圈不停地发着小视频,引得朋友们羡慕不已。高奎的直播也粉丝量剧增,乐得合不拢嘴。

可是好景不长,越往山上走,手机的信号就越弱,到后来就完全中断了。

但是山里的风光好,还有很多松鼠跳来蹦去,看得李松眼花缭乱,也不感觉累。

到了黄昏的时候,两人到了小溪边生火做饭。虽然只有大米,但高奎寻来很多野菜,两人吃得津津有味。李松高兴极了,这才是他向往的生活。

晚上,高奎搭了一个窝棚,李松钻了进去。可暴雨突然而至,篝火也熄灭了,蚊虫咬得李松无法安睡。

天快亮的时候,外面传来了轰隆隆的声音,高奎跳了起来,拉着李松就跑,连背包都没拿。

李松不知道发生什么事了,他跟着高奎爬上一个山头后,才看到露营的地方已经被山洪淹没了,窝棚也早就没了踪影。

两人吓出了一身冷汗,现在他们没了装备,全身都湿透了,小溪水暴涨,他们也无法往回走了。

暴雨还在下,温度骤降,两人冷得直哆嗦。为了取暖,两人钻进了一个山洞,他们背靠着背,就盼着雨停。

黄昏,暴雨终于停了。高奎钻出山洞,从松树上找了点松脂,又用锋利的石头,刮开一棵干枯的大树,削了很多树屑下来。

李松饿坏了,就吃了一个鲜红的野果。不一会儿,他就觉得胃里难受,还吐得翻江倒海。

高奎不知道从什么地方找来了木头,做了一把钻弓。他还教训李松,森林里的果子不能乱吃,不然会被毒死的。

躺在山洞里,李松又冷又饿,缩成一团。高奎做好钻弓,把李松拎了起来:"你快帮我钻木取火,不然我们今晚都要被冻僵。"

两人使出浑身力气,终于在天黑的时候,钻出了火苗。两人靠在篝火边,肚子饿得咕咕叫。可外面传来了野兽的叫声,两人都不敢出去。

好不容易熬到天亮,高奎走出山洞,刨开稀疏的泥土,捉了点蚯蚓,又在腐烂的木头里,找了几只肥胖的虫子。李松看着就恶心,离开高奎,想自己去找点吃的。

竹林里突然传来一声怪叫,李松伸头一看就笑了,那是一只长着漂亮尾巴的野鸡。

李松猫着腰慢慢地往野鸡爬去,可野鸡机警地伸长脑袋望着李松,仿佛马上就要逃跑。李松急了,他连忙追了过去。可野鸡腾空而起,扑腾着翅膀,连飞带跳地一下不见了踪影。

就在李松垂头丧气的时候,他突然看到灌木丛里有几头刚出生的小野猪。李松大喜,往小野猪扑去,吓得小野猪四处逃窜,发出嗷嗷的叫声。

"高老板,你快过来,这里有几头小野猪。"

"你快回来,有危险。"

李松只想吃猪肉,就往一头小野猪扑去,把它按在了身下。就在李松得意的时候,一头大野猪发出号叫,往李松冲来。

李松吓傻了，这时高奎拿着一根木棍从天而降，往大野猪打去。趁着这工夫，李松爬了起来，他提起嗷嗷号叫的小野猪就跑。

大野猪挨了高奎一棒，却无心恋战，还是往李松冲去。高奎提着木棍边追大野猪边说："李松，快丢掉小野猪，那是它的孩子。"

看到大野猪凶残的样子，李松手一松，丢掉小野猪，拼命地往前跑。

可是大野猪发怒了，他用头往李松的屁股拱去。李松感觉自己飞了起来，又重重地落在了地上，他的屁股就如被撕开了一样疼痛。

大野猪旗开得胜，又往李松冲来。在这关键时刻，高奎一棒打在了大野猪的腿上。大野猪受惊，转头就往高奎冲去。为了保命，李松顾不得疼痛，拼命地往前跑。

回到山洞，篝火还在燃烧，李松吓得全身发软，趴在火堆边，身体如筛糠一样颤抖着。他心想着：大野猪那么凶残，高奎会不会死了？

心惊胆战地等了许久，高奎才回来。李松喜极而泣，抱着高奎说不出话来。

"带崽的母猪最可怕，连带枪的猎人都不敢惹。因为野猪皮厚，如果一枪打不死，野猪就会要了猎人的命。"

"你没带枪，那你怎么回来的？"

"我以前在野战部队当了十年教官，经验丰富。我知道要躲开凶残的野猪，只有爬上大树。"

趴在篝火边，李松屁股火辣辣地痛，他忍不住哭了："这是什么鬼地方，没有 WiFi，没有外卖，没有地铁，我要回去。"

高奎检查完李松的伤口后，扯了点草药给他敷上："你们这代人，就是没吃过苦，不就是一点皮外伤吗，比娘儿们哭得还伤心。"

李松坚决要退出这个赌局，高奎只能搀扶着他，走出大山，回了他们来时的村庄。

老头儿早就等在了车前，还说着风凉话："我就知道你养尊处优，熬不过七天。"

李松揪住老头儿的衣领号叫起来："如果不是高老板，我就死在森林里了。"

"高奎退伍前，在野战部队带兵无数，你跟着他，绝对死不了。"

李松惊讶："你们早就认识了？"

高奎"啪"地一下，给老头儿敬了一个军礼："他是我的老营长，以前打过仗，流过血，现在身上还有很多伤疤。"

老头儿威严地看着李松："先烈们抛头颅，洒热血，才换来了现在的好日子。可你们这些年轻人，就是不知道感恩，还在天天抱怨。年轻人，你现在可以摸着良心告诉我，吃饱穿暖的日子幸福吗？"

李松低下头："在这几天里，我知道了要感恩食物，感恩亲人，感恩我所拥有的一切。这个赌局我输了，明天我就去烈士陵园，带着感恩的心，给先烈们磕头！"

醉　茶

最近，刘石泉遇到了烦心事。他是一个建筑队的包工头，前几日王总答应把宇翔大厦的钢筋工程承包给他，于是就从家乡招来了十几个熟练的钢筋工。可不知道从什么地方又冒出了一个建筑队，要抢钢筋工程的活儿，而王总说话又含含糊糊的，看来这活儿是要黄了。

可兄弟们都来了，吃喝拉撒都要刘石泉负责，要是这活儿黄了，刘石泉还得给他们贴车票钱，让他们返回家乡，那就亏大了。思来想去，刘石泉想到了送礼。

敲开王总的门，刘石泉递上一箱保健品。王总头也没抬地说："你把礼品拿回去吧，已经有一个建筑队，低价承包了钢筋工程。"

"王总，你行行好，把这活儿给我吧！"

王总这才抬起头来："想要活儿也不难，你去给我弄点刘一泡大师的古树茶，这活儿就是你的了。"

刘石泉犯难了，刘大师今年八十多岁了，他做的古树茶名扬千里，只可惜他岁数大了，去年就不卖茶了。

"老刘，你知道，我平常不喝茶，都喝咖啡的。可我上次在一个朋友家喝到刘大师的古树茶后，就念念不忘。我今年专程去找过刘大师，可不管我出多少钱，他就是不卖茶给我。我知道你们是一个村的，如果你能帮我完成这个心愿，那这活儿就是你的了。"

为了钢筋工程的活儿，为了兄弟们，刘石泉买了机票，返回了村里。刘一泡的家在蒙山上，海拔两千米，旁边都是森林。村里人都搬到了交通便利的山下，可刘一泡死活都不下山，他就是要与这些几百年的古茶树为伴。

刘石泉气喘吁吁地爬上天梯，看到刘一泡正安然地坐在老木屋前，泡着一杯绿茶，哼着他喜爱的川剧。

"刘爷爷，你的日子过得好安逸。"

"小石头，你怎么回来了？"

"刘爷爷，我想来买一斤茶叶。"

"我今年身体不好，只做了三斤新茶。一斤给了儿子，一斤给了女儿，剩下的这一斤，我就自己慢慢品了。"

刘石泉看着老木屋外的古树茶已经冒出了嫩芽，就高兴地说："刘爷爷，我去采茶，你马上给我做一斤。"

"那可不行，现在已经过了谷雨，做出来的茶叶就有一种苦涩味，那会砸了我几十年的招牌的。"

不管刘石泉怎么说，刘一泡就是不卖茶，也不做茶。刘石泉拿他没办法，只能回家。村里的妇女们听说刘石泉回来了，都来打探男人们的情况，问什么时候发工资。

刘石泉唉声叹气："本来已经谈好的活儿，可突然冒出一个建筑队，要低价揽走。现在王总要一斤刘爷爷的茶叶，可刘爷爷就是不答应，我现在也没办法，只能让兄弟们回来了。"

妇女们闹腾了起来，她们说家里都指望男人出去赚钱，这钱没挣着，还来来回回耽误了那么长的时间，要刘石泉赔偿损失。刘石泉心烦意乱："你们闹我不起作用，如果想挣钱，你们就去说服刘爷爷，让他卖一斤茶叶给我。"

村里的妇女们真是厉害，都往刘一泡家跑。这下刘石泉高兴了，看来有戏。果然，妇女们七嘴八舌地在刘一泡家里闹腾，有的说孩子读书急需用钱，有的说老娘生病等着拿药……

刘一泡被吵得头昏脑涨，觉得自己好像成了大恶棍。他实在没办法了，就对刘石泉说："我只有一斤茶叶，是清明前做的，我无论如何也要留点，只能给你半斤。"

刘石泉高兴了，有总比没有好吧！刘一泡进屋折腾了半天，才抱着一个精致的土罐出来。刘石泉赶忙把一千元钱塞给刘一泡，可他坚决不收："这点茶叶，有很多富商想买，他们出的价钱比你高十倍，可我也没卖。你也是为了乡亲们多挣钱，我就送你了。"

带着茶叶，刘石泉回到了工地。他把茶叶递给王总，说："只有半斤茶叶，是刘爷爷刚做好的新茶，很多富商去了，他也没卖。"

王总一打开土罐，那茶叶的香味就冒了出来。王总迫不及待地拿出紫砂壶，泡了一杯，端起来放在鼻子前闻了闻，又呡了一口，细细品味："就是这种花香味，实在太美妙了。"

"王总，你看这钢筋工的活儿，能都给我吗？"

"行，都给你，明天就来签合同。"

第二天，刘石泉找到王总，只见他气色很差，还有两个黑眼圈，他生气地说："我和你无冤无仇，你怎么在茶里给我下毒？"

"王总，你是不是搞错了？这茶里不可能有毒。"

"我昨晚什么也没吃，就喝了几杯茶。结果全身无力，走起路来轻飘飘的，就如喝醉了一样。我怀疑是上次给你们的工钱里夹杂着假币，你就在茶里下毒报复。于是我就把剩下的茶叶泡水，灌给了一只流浪狗喝，结果那只狗一直呕吐，惨叫了一夜。"

刘石泉真没想到，上次的假币是王总给的，他以为是那几个工人敲诈自己，还和他们吵了一架。

"老刘，如果不是你知道我以前用劣质钢筋代替好钢筋，我早就报警了。现在我们两不相欠，如果你敢把我以前的事情说出去，我要了你的狗命……"

刘石泉怎么也没想到自己辛辛苦苦弄来的茶叶，竟然有毒。看来刘爷爷真是一个精明的人，自己利用妇女们讨要茶叶被刘爷爷拆穿了，他就让自己吃了一个哑巴亏。刘石泉想把兄弟们送回去，可他们坚决不走，还提议大家都出去找活儿，然后一起干。

刘石泉干包工头几年了，还是有点人脉的，他跑了几个工地，又找到了活儿，但是价钱有点低。好在兄弟们都不嫌弃，他们起早贪黑地干活儿，总算有钱往家里寄了。

不久后，王总的工地出事了，他因为偷工减料，房子才盖到第五层，就垮塌了。有几个钢筋工受了伤，被送到了医院抢救。刘石泉暗暗庆幸，还好刘爷爷的茶里有毒，才让兄弟们免遭大难。

春节回家的时候，刘石泉提着自家酿造的米酒，给刘一泡送去。刘爷爷高兴起来："自从你们往家里寄钱，我家里就热闹了，总能收到新鲜的瓜果蔬菜。看来多做善事，总有福报。"

"谢谢刘爷爷，如果不是你在茶里下毒，那我现在有可能还躺在医院里呢。"

"你说什么？我在茶里下毒？我都活了八十多岁了，绝不会干这种缺德的事。"

刘石泉疑惑了："那王总喝了你的新茶，怎么头重脚轻，如喝醉了一样？还有剩下的茶叶，王总全部泡了，灌给了一只流浪狗，结果流浪狗一直呕吐，惨叫。"

"王总是不是平常不喝茶？"

"对，他平常喝咖啡。可他在朋友家里喝了你的茶，就念念不忘，那晚他喝了好几杯。"

刘一泡笑了："我明白了，不是茶里有毒，是他平常不喝茶，一下喝了几杯新茶，就醉茶了。那只流浪狗一次吃半斤茶，不醉茶才怪。"

"什么是醉茶？为什么我每天喝几杯浓茶，却从来没有醉过茶？"

"茶叶里面含有一种茶碱，平常不喝茶的人，一下喝几杯，就容易产生醉茶的症状。只要吃了甜点，这些醉茶的症状就会消失。爱喝茶的人，就如爱喝酒的人一样，酒量大，所以那点茶叶肯定不会让你醉茶。"

刘石泉忍不住地感叹，这人生就如醉茶，如果你贪恋清香，就会沉醉。就如王总一样，会为他的贪婪付出代价，受到惩罚。

七 月下讲古

纳西情仇

纳西山寨里，有一户人家，老爷爷八十岁了，得了重病，眼看就要咽气了。可家里人准备好后事后，老爷爷又突然缓过气来，对坐在床边的老奶奶说："有一件事我一直瞒着你，不说出来，我死不瞑目。"老爷爷眼睛里闪着奇异的光芒，他说："你还记得五十年前我们结婚的那天吗，你真美啊！"

老奶奶握住他的手，眼泪像断了线的珠子。

老奶奶叫阿月，五十年前还是个少女，长得如花似玉，是山寨里最美的姑娘，追求她的小伙子像森林里的树一样多。可阿月就是看中了丘巴，他长得高大英俊，还是一个孝子，只是家里很穷，只有两间茅草屋，和老阿妈相依为命。

阿月和丘巴订婚后，有一天，丘巴的老阿妈在挖草药的时候摔下了悬崖，危在旦夕。丘巴急得团团转，阿月把所有的钱都拿了出来，塞进了丘巴的手中。

两个月后，老阿妈保住了性命，却瘫痪了，阿月忙前忙后地照顾老阿妈。这天，丘巴满腹心事地拉着阿月去了月亮山，这是他们相亲相爱的地方。阿月依偎在丘巴的怀里说："你选个好日子，我们成亲吧！"

可丘巴却推开阿月说："八月初八我就要和木寨里的阿苏成亲了。"阿月以为丘巴在开玩笑，逗趣道："你是说木寨里最丑的阿苏？行呀！到时候我可要来喝你们的喜酒。"丘巴点点头，转身就走。阿月闷闷不乐地回到山寨后，居然听到大家都在谈论丘巴和阿苏的婚事。阿苏家是木寨里最富有的，准备的嫁妆起码能拉几大车。阿月惊呆了，他跑到了丘巴家去，可房门紧闭，没有人应声。有人告诉阿月，木寨来了几个大汉，已经把丘巴和老阿妈接走了。

阿月绝望了,她爬上高高的月亮山,准备去死。这时,山寨的一个小伙子木达尔突然出现了,他抱住阿月说:"自从知道丘巴悔婚,我就一直跟着你,就怕你想不开。要是你不嫌弃我岁数大,就嫁给我吧!"

看着身强力壮的木达尔,阿月脑子里突然冒出了一个想法。山寨里有一个古老的习俗,要是两个送亲的队伍相遇,就是触了霉头,两队送亲的人马就要大打出手,直到头破血流。刚好木达尔的家在东边,要是自己和丘巴同一天成亲,那就会和阿苏家送亲的队伍在一线天相遇。一线天两边都是高山,只有一条独路,两个队伍必定会狭路相逢。

阿月开门见山地对木达尔说:"要是你想娶我,就要答应我一件事……"木达尔想也没想就同意了。

阿月和木达尔成亲的日子也选在了八月初八。阿月精心准备了二十根铁棍,用红布缠好交给了木达尔:"到时你带二十个壮汉来娶亲,把丘巴和送亲的队伍都打趴下。"

八月初八这天,两个送亲的队伍果然在一线天相遇了,眼看着阿苏家送亲的队伍越来越近,木达尔有点紧张,手心里都是汗,他问阿月:"你想好了吗?真的要把丘巴打趴下,再也爬不起来吗?"

阿月的心里满是仇恨:"就是不把他打死,也必须打成残废,不然我就去死!"木达尔无奈地拿出红布包裹的铁棍,递给了身边的大汉。

丘巴终于来了,大汉们拿着铁棍,就冲进了阿苏家的送亲队伍中。木达尔更是勇猛,他猛拍黑马的屁股,举起铁棍就往丘巴的头上打去。丘巴不躲不闪,鲜血从他的脑袋上流了出来。

看着丘巴从马上倒了下来,阿月的心都碎了。对面的阿苏从花轿里跳下来,抱着丘巴号啕大哭。阿月呆呆地坐在轿子里,她突然不恨丘巴了,还在心里祈祷一定要让丘巴活过来,千万别残废。

往事一幕幕地在老奶奶的眼前闪过,这时奄奄一息的老爷爷说话了:"阿月,结婚那天我骗了你,我把你的铁棍换成了竹棍,不然那一棍子下去,丘巴肯定没命了。"老奶奶笑了:"木达尔,我听说丘巴没死也没残废,就怀疑是你在捣鬼,后来我去检查了铁棍,发现果然被调包了。"

"阿月,那你为什么不恨我,还嫁给了我,给我生了几个儿子,和我相守了一辈子?"

"木达尔,我看到竹棍,就知道你是一个心地善良的人。哪像那狼心狗肺的丘巴,他和阿苏结婚后,偷走了她娘家的钱,就再也没有回来,让阿苏一个人守了几十年的寡。"

老爷爷笑了,他安然地闭上了眼睛。老奶奶也笑了,她躺在老爷爷的身边再也没有醒来。

一个月后,老爷爷和老奶奶的坟前来了一个白发苍苍的老头儿。他跪在坟前放声大哭:"阿月,当年为了救阿妈,我花光了你的钱。可医生说了,还需要更多的钱才能把阿妈的命救回来。我四处借钱,到处碰壁,结果阿苏看中了我,她的父亲愿意花钱治好阿妈的病,我只好同意了和阿苏的亲事。

"迎亲那天,我真希望木达尔能一棍把我打死,好还你的债,可我命大,竟然活了过来。但我无法和我不爱的人生活在一起,等阿妈死后,我就偷偷逃跑了。走时只带走了阿妈的一件棉衣,没想到衣服里还藏着钱,我就做起了生意。

"这几十年来,我从来没有忘记过你。我曾偷偷地回来,坐在高高的山头,看着你和木达尔相亲相爱,我所能做的,就是把我赚来的钱,通过别人的手,让木达尔赚回去。"

丘巴说完,听到身后传来了沉重的脚步声,扭头一看,是一个头发银白的老大娘。她说:"丘巴,我终于等到你了。"

丘巴冷笑道:"阿苏,我从来没有爱过你。"

"可我深深地爱过你,爱你的一片孝心,爱你的一片痴心。"

"阿苏,你应该再嫁人,我不值得你爱……"

"爱你是我自己的事,你不必内疚。自从阿妈死后,我就知道你要离开我。于是我就把娘家的钱偷来,缝在了阿妈的棉衣里。"

丘巴的眼泪流了出来,他握住阿苏的手,说:"你为什么那么傻?"

阿苏笑了:"丘巴,我们都一样傻啊。"

风起了,吹得树木哗哗地响。两个老人牵着手,回到了那个属于他们的家。

聪明的阿益西

很久很久以前，康巴草原上住着一户人家。布哲老爹是一个猎手，膝下有一个独生女儿叫白玛拉，出落得十分美丽，已经到了出嫁的年龄。来求婚的草原汉子很多，可布哲老爹一个也没看上。

有一天，布哲老爹正在帐篷里喝着青稞酒，一个头如南瓜，身如瘦羊的汉子闯了进来，他请求布哲老爹把白玛拉嫁给他。布哲老爹哈哈大笑："就你这瘦弱的身板，怎么配得上我漂亮的女儿。"

瘦弱的汉子不走，说他叫阿益西，很聪明，有智慧，能给白玛拉幸福。布哲老爹不相信阿益西的话，就随口说："要是你能杀死六只狼，我就把白玛拉嫁给你。"阿益西爽快地点头。布哲老爹见状又补充说："我要亲眼看到你杀死六只狼，不能用枪，不能用刀。"阿益西为难地点头。于是，布哲老爹就跟着阿益西，想看他怎么杀狼。

阿益西找到一个低矮的地方，挖了一个大坑，用石头砌好，把收集的牛粪和青草放在了坑中。密封好洞口后，他又在大坑的外面砌了一座石头房子，还在屋顶放了很多石块。

阿益西又牵来几头肥羊，每天就和布哲老爹喝青稞酒，吃手抓羊肉。布哲老爹按捺不住了，问："你怎么不去杀狼？"阿益西笑呵呵地说："等我们吃完这几只羊，狼就会送上门来。"布哲老爹嗜酒如命，每次喝完酒，都醉倒在了石屋中。阿益西等布哲老爹睡了，就在石屋的旁边挖地洞，还抱了很多青稞秆进去，不知道要干什么。

一个月后，只剩下最后一只羊。阿益西杀了肥羊，全部烤上，那香味就在草原上飘荡。布哲老爹醉眼朦胧地喝着青稞酒，吃着烤羊肉。

突然，外面传来了一阵狼号，阿益西激动地拉着布哲老爹爬上后面的山坡，连剩下的羊肉都忘了拿。

布哲老爹忍不住骂了一句："绵羊下的崽——没骨气。"阿益西却笑呵呵地说："明天早上我请您吃烤狼腿。"阿益西说完，就钻进了一个地洞里。

布哲老爹手拿猎枪，警惕地看着山坡下。只见一只狼在石屋外徘徊，小心地钻进了石屋，然后又跑出来发出呜呜的号叫。不一会儿，一群狼就出现在了石屋前。一只高大的狼在石屋外巡视了一番，就钻进了小石屋，其余的狼也都跟了进去。可那门不知怎么就关上了，接着就是一声巨响，小石屋垮塌了，没有一只狼逃出来。

就在布哲老爹疑惑不解的时候，阿益西从地洞里钻了出来，说："我们去看看炸死了多少只狼？"

布哲老爹糊涂了："我没看见你埋炸药，怎么就听见爆炸声了？"阿益西这才告诉布哲老爹，原来他挖的大坑里能散发沼气。他只要在地洞中点燃青稞秆，沼气就会爆炸，然后冲垮石屋，那么狼不被砸死，也会掉进坑中淹死。

布哲老爹看着被炸死的狼群，对阿益西竖起了大拇指，他同意把白玛拉嫁给阿益西。可老阿妈不同意了，她对阿益西说："你要想娶我女儿，除非你脑袋变小，我女儿脑袋变大。"

阿益西摸了摸自己大大的脑袋，想了想说："我的脑袋里装满了智慧，要变小很难。但我能让白玛拉的脑袋变大，和我一样装满智慧。"老阿妈害怕了，赶忙说："你不能动邪念，打伤白玛拉的脑袋，让她肿起来。"阿益西笑嘻嘻地说："你放心，我不会伤害我心爱的姑娘，更不会接触到她身体的任何部位。"阿益西说完就骑着瘦马走了。

三天后，阿益西到了布哲老爹的帐篷外，老阿妈紧紧地护着白玛拉。阿益西在帐篷外转了一圈，就灰溜溜地走了。

接下来的日子，老阿妈把白玛拉关在帐篷里，不准她出门。半个月过去了，阿益西还是没有出现。白玛拉憋坏了，吵着要出去透透气。

于是老阿妈就坐在帐篷边，看着白玛拉在草原上采野花。突然，白玛拉摔了一跤。老阿妈赶忙冲过去，心疼地擦着白玛拉脸上的泥土，可越擦越脏。白玛拉看见附近有一个水坑，就跑过去把脸洗干净了。

这时，阿益西骑着瘦马慢吞吞地走了过来，他对白玛拉吹了一口仙气，说："美丽的姑娘，你的脑袋明天就会变大，那时你就会成为我的新娘。"老阿妈生气了，紧紧地护住白玛拉，生怕阿益西出损招。可阿益西唱着古老的情歌，骑着瘦马走了。

第二天，白玛拉刚起床，老阿妈就惊叫起来："天啊！我的白玛拉，你怎么了？"老阿爸赶忙跑了过来，他看见白玛拉的脸比平常大了一半，又红又肿，眼睛也眯成了一条缝。白玛拉急了，她拿出铜镜，看见了一张如南瓜一样奇丑无比的脸。

阿益西不慌不忙地走进帐篷，说："我最心爱的姑娘，你就嫁给我吧！"布哲老爹狠狠地盯了老阿妈一眼，说："是你诅咒我女儿，她才变成这副模样的。"老阿妈无奈地说："这都是神佛的意思，我同意把女儿嫁给阿益西。"

阿益西得意地笑了："这是我的智慧，我收集了漆树的汁液，放进了小水坑里。白玛拉用水洗脸，脑袋就变大了。"白玛拉听了，嘤嘤地哭。

阿益西心疼地摸出一个小瓶，递给白玛拉说："我美丽的姑娘，你不要担心。只要抹上我的神药，你的脸明天就能恢复正常。"

白玛拉接过小瓶，气呼呼地说："阿益西，如果你要娶我，除非你能在押加比赛中赢了古拉尔。"

阿益西听了，直皱眉头，古拉尔是草原上的大力士，无人能在押加比赛中赢他。

白玛拉看阿益西不说话，就冷冷地说："既然你办不到，那以后不准来提亲。"阿益西只能硬着头皮说："我能赢古拉尔。"于是白玛拉就把押加比赛的日子定在了三天后。

阿益西满脸愁容地回了家，他的智慧虽能装一箩筐，可力气三天是练不成的。老阿婆见阿益西眉头紧锁，就慈爱地问："我亲爱的阿益西，是什么事情难住你了？"

阿益西讲了事情的经过，老阿婆神秘地说："笑着面对。"阿益西灵光一闪，找到办法了。

三天后，白玛拉的帐篷外聚集了很多人，大家都想看阿益西在押加比赛中出丑。阿益西却牵着一只公羊，轻松地说着俏皮话，惹得看热闹的人哈哈大笑。

这时，高大健壮的古拉尔挤进了人群，他对阿益西说："小瘦羊，讲一个笑话给我听听，要是把我逗笑了，我可以让你输得不难看。"

阿益西高兴地点头："行，那你不能一下把我拉过去，那就太丢人了。"古拉尔催促道："快讲，快讲。"阿益西不慌不忙地坐在古拉尔的旁边，讲起了笑话：

有一个外乡人，给我买了一只高大的公羊，我坐在羊背上，可公羊不走，于是外乡人就用鞭子使劲地抽羊屁股。羊忍着痛，慢慢地往前走。外乡人抱怨地对我说："你这匹马跑得太慢了。"古拉尔听了，忍不住哈哈大笑。

阿益西却调皮地爬到公羊的背上，对着羊屁股就是一巴掌，还得意地用手往头发上一抹，做出一副威猛的样子。大家看了忍不住大笑，古拉尔更是笑得在地上打滚。

老阿妈忍住笑，对阿益西说："把你头发上的羊屎拿掉。"阿益西只好灰溜溜地跳下了羊背。

布哲老爹严肃地说："押加比赛马上就要开始了，你们快去做准备。"古拉尔笑着拉过长绸带，阿益西也学着古拉尔的样子，把长绸带套在脖子上，再从两腿穿过，四肢着地，做好准备。

布哲老爹站在中线上大喊一声："开始。"阿益西就使出吃奶的力气往前爬，古拉尔稍一用力，阿益西瘦小的身体就被往后拉。阿益西急了，大喊："这匹马跑得太慢了。"

古拉尔忍不住狂笑，用不上一点力气。阿益西趁机往前猛冲，就赢了古拉尔。

布哲老爹大声宣布："阿益西胜利，我要把女儿嫁给他。"阿益西热情地看着白玛拉，白玛拉羞涩地点头同意。

藕塘村的传说

藕塘村在临溪河边,风景秀丽,就如仙境一般。关于藕塘村的名字,还有一个美丽的传说。

很久很久以前,临溪河边有一片藕塘。一朵朵荷花出淤泥而不染,就如一幅动人的水墨画。

藕塘池里,住着荷花仙子,长得清新脱俗。她喜欢在荷叶的露水里打坐,看着太阳缓缓升起。

到了王母娘娘的寿辰,荷花仙子带着新摘的莲子,飞到了天庭去给王母娘娘祝寿。她留下了一个童子,看守家园。

突然,天空飘来一片乌云,电闪雷鸣,暴雨倾盆而下,这是骄横的东海九太子的"杰作",他也因为乱用法力,被龙王赶出了东海。

九太子一路西行,看中了临溪河边的这块风水宝地。于是,他化成一条大鱼,想落入藕塘,在这里安家。哪曾想,他的化身还未落入藕塘,一头狮子就已经张大了嘴巴。

狮子修行千年,马上就要位列仙班了。只因为荷花仙子的回眸一笑,他才留在了凡间。

刚才乌云盖顶,狮子看出是一条小龙在作怪。于是就张大嘴巴,等着小龙自投罗网。

九太子一个翻滚,躲过了狮子的大嘴,还想顺势用龙尾将狮子缠住。狮子一个站立,化为伟岸的男子,手拿长剑,去斩龙尾。

九太子的龙尾已经成了负担,他一个腾空,化为白衣男子,手拿长枪,往狮子刺去。

狮子道行深,但他心中还有慈悲,不曾下毒手。可九太子骄横无比,他猛刺长枪,好在狮子都侧身躲过了。九太子也因此发怒了,他腾空而起,嘴里的水哗啦啦地往下流,想把狮子淹没。

临溪河河水因此暴涨，住在两岸的人们哭天抢地，赶忙逃离。狮子愤怒地说："你赶快住嘴，不要伤及无辜百姓。"

"这块藕塘是我看中的风水宝地，想要我住嘴，你就赶紧给我滚开。"

"藕塘是荷花仙子的家园，你不能占领。"

"我说怎么飘着一股仙气，原来是荷花仙子的住所。看来我这地方是选对了，还能抱得美人归。"

看到九太子如此无耻，狮子大怒，张大嘴巴，喷出火焰，往九太子烧去。九太子心想火怕水，这头狮子简直是不知好歹，自寻死路，于是就不躲不避。

哪曾想狮子耗尽了千年之功，大火瞬间把水烧干了，还烧掉了九太子的龙甲。

没了龙甲，九太子就如一条大蛇，趴在地上动弹不得。狮子耗尽千年之功，落在了茶园里，闭上了眼睛。

荷花仙子从天庭归来，看到藕塘里的水暴涨，只有一支荷花还露在水面。

"童子，童子。"

荷花仙子大声喊叫，童子才惊恐地从荷花里钻了出来。

"藕塘边发生什么事情了？为何临溪河水暴涨？"

虽然躲在莲花里，外面的事情，童子还是听得清清楚楚，他回道："回仙姑的话，来了一条小龙，想要侵占我们的家园。还好那只偷窥仙姑的狮子出手了，这才没让小龙得逞。"

"他们现在怎么样了？"

"小龙被烧了龙甲，变成了一条小溪，卧在了藕塘边。那只狮子落入了茶园，没有发出一点声音。"

茶园里，狮子一动不动。荷花仙子跑过去，摇晃着狮子："喂，你快醒醒。"

狮子此时只剩下了一口气息，马上就要命丧黄泉了。荷花仙子从腰上取下一个小壶，这是王母娘娘赐给她的仙丹。只要吃了仙丹，她就能回到天庭，不用再在淤泥里受罪。

荷花仙子把仙丹放进了狮子的嘴里，仙丹有灵性，顺着喉咙就往下滑。

狮子慢慢地睁开了眼睛，看到荷花仙子后，露出了虚弱的笑容。

"你为何要耗尽千年功力保护藕塘？"

"因为这是你的家园，我不能让小龙抢去。"

"你本来可以位列仙班，为何要停留在凡间？"

"因为……"

狮子语塞，不知道该怎么表达自己的爱恋。荷花仙子站起来说："你先养伤，我去看看那条小龙。"

被烧了龙甲的九太子，变成了小溪，此时，只要荷花仙子使出一成功力，九太子就会命丧黄泉。

九太子吓得瑟瑟发抖："仙姑饶命。"

荷花仙子盘腿而坐，使出十成功力，为九太子疗伤。只见那些烧毁的龙甲慢慢长了出来，龙身上的刺痛，也变得清凉。

"你有着一颗慈悲的心，难怪狮子要拼死保护你的家园。"

"心中装有善念，露珠也可为家。如果你喜欢这个藕塘，那我就给你。"

九太子身上的龙甲全部长出来了，可荷花仙子的嘴角却流出了鲜血，瘫倒在了地上。

九太子痛哭："仙姑，你醒醒，你快醒醒。"

狮子听到九太子的叫声后跑了过来："你到底对荷花仙子做了什么？"

"我什么也没做，是仙姑救了我。"

狮子抱起荷花仙子，双手按在她的背上，把自己身上刚有的一点真气全往荷花仙子的身上传递。

九太子一下明白了什么，他赶忙把手按在了狮子的后背上。九太子和狮子的真气，救活了荷花仙子。

但是三人的仙力都已耗尽，九太子趴在藕塘边，化为了小溪，他的嘴角挂着笑容："仙姑，因为你的善良，我会一直守候着你。"

狮子则慢慢地爬回茶园，化为了一只石狮子。他要一直守护藕塘，只因荷花仙子的那次回眸，醉了他的心。

荷花仙子缩进藕塘，变为了一朵莲花。她一直在露珠上打坐，只为等待她上辈子的爱人。

后来，这个地方就叫藕塘村。只要有情人在此相约，在荷叶的露珠上就会看到荷花仙子在里面打坐。

九太子化身的地方叫卧龙滩。不管岁月如何变化，他都对藕塘村不离不弃，只为践行当初的诺言。

为了荷花仙子的回眸一笑，石狮子就卧在了临溪河边，等待着下辈子的情缘。这个地方叫作狮子坝，只要你走进茶园，就能看到狮子那深情的眼神。

兄弟卖砚台

南宋年间,邛州蒲江盛产砚台,其中最有名的当属张家砚台。它家的砚台石质坚细,色彩清润,研磨均匀,抗热耐寒,畅销蜀地。

张家砚台的当家人张国寿,已经年过古稀,于是他就想把偌大的家业,交给儿子管理。按当地的规矩,家业应该交给大儿子张有善来管理。但是张有善为人老实,有点木讷,不善交际且整天钻进作坊和伙计们一起制作砚台,没有一点当家人的风范。

张国寿喜欢二儿子张有良,他能说会道,擅长交际,家中的砚台都是由他来销售的。他熟悉八方客商,是当家人的最佳人选。

张国寿虽然想让张有良当家,但是为了不让大家说闲话,也为了不伤害张有善,于是就想到了一条妙计。

有一天晚上,张国寿把两个儿子叫到跟前说:"我曾经是一个伙计,白手起家才有了现在的家业。如今我年纪大了,需要在你们两兄弟之间,选一个当家人,来接管张家。为了公平起见,我给你们两个相同的砚台,你们拿到京城去卖,谁卖的银子多,谁就做当家人。"

张有良暗暗欢喜,大哥老实木讷,别说卖砚台了,就是让他去买东西,他也会脸红,看来爹爹偏心,是想让自己做当家人。

张有善就愁眉不展了,他喜欢做砚台,可对于卖砚台却是一窍不通。但是父命不可违,于是他就和弟弟一样,拿着盘缠,骑着骏马出发了。

先说张有良,他快马加鞭地到了京城,但他没有急着去卖砚台，反而去了京城最奢华的元宝楼，那里富商云集，都是有钱人。

在元宝楼喝了几天酒，张有良就调查清楚了，在这些有钱人中，有一个富商叫李千城，是做丝绸生意的，富可敌国。他喜欢书法，收藏了很多文房四宝。要是能与这个人认识，再推荐自己的砚台，那肯定能卖个好价钱。

为了接近李千城，张有良费尽心机，他买通了李千城的管家，让他把李千城带到了元宝楼。张有良坐在元宝楼里，穿着上好的长衫，看起来气宇轩昂。

"你有什么宝贝，拿出来让老夫瞅瞅。"

李千城是个爽快人，他开门见山，不想耽误时间。张有良却故弄玄虚："李老爷，我这宝贝在雪中才能显神威，你跟我来。"

张有良不卑不亢，带着李千城到了一个凉亭。这里四处白雪皑皑，寒风凛冽，李千城穿着上好的皮毛，还是觉得脸被冻僵了。

张有良穿得很单薄，却红光满面，他指挥着一个伙计，让他拿出别家店里的砚台研墨，可才一会儿的工夫，墨汁就被冻住了。

李千城感到无趣，正想离开。张有良赶忙从怀里摸出自家的砚台，放在了桌上。李千城眼前一亮，这个砚台石质坚细，色彩清润，上面雕刻的寿星神采奕奕，仙桃栩栩如生。

"你这宝贝怎么卖？"

李千城按捺不住激动，问起了价钱。张有良却不急，他让伙计研墨，不一会儿神奇的事情就发生了，只见砚台里面的墨汁均匀，一点都没有被冻住。

李千城以为是张有良在故弄玄虚，拿起砚台左看右看，可就是没有发现机关。于是，他干脆走进雪地中，站了一个时辰，人都被冻得全身哆嗦了，可墨汁还是没有被冻住。

"你这宝贝怎么卖？"

这是李千城第二次问价钱了。张有良为了卖出好价钱，就编起假话来。他说，这个砚台是祖上传下来的，世间只有这一个，价值连城。如果不是进京赶考缺银子，他是舍不得卖的。

"别说那么多废话，你到底要多少钱？"

张有良大着胆子回答："五百两。"

"哎呀！这么便宜，还说价值连城，我给你一千两银子，以后有好宝贝，就来卖给我。对了，我只要孤品。"

张有良点头答应，生意成交后，他给了管家不少好处。张有良高兴不已，心想，他这个当家人的位置肯定稳如泰山，没有人能撼动了。

再说张有善，他骑着骏马去了京城，一路上他遇到了很多可怜人，把盘缠都施舍给了他们。

到了京城，张有善的盘缠已经用完，为了生计，他就去了朱府当杂役。朱家的少爷顽皮，在冰面上玩耍时不小心落入了水塘中。张有善不顾寒冷，跳进刺骨的水中，救起了少爷。

朱老太太要奖赏张有善，可他坚决不要，说救人是他的本分。朱老太太知道他的人品好，就安排张有善到老爷的书房伺候。

张有善做梦都没想到，这里竟然是朱熹的府邸，他可是儒学大师，被尊称为朱子，门生无数，这让张有善受宠若惊。

有一天，下着大雪，天气十分寒冷，朱熹正在写字，可墨汁却被冻住了。在他正懊恼时，张有善拿出了自己家的砚台。朱熹用了以后，连声叫好，便问起了砚台从何而来。

张有善实话实说，说这是他自己做的砚台，还讲出了砚台卖出好价钱，他就能做当家人的事情。

朱熹听了，感念张有善的恩德，于是让管家拿一千二百两银子给张有善，让他回家，这样他就能做当家人了。

可张有善坚决不要银子，并说："朱熹大人，这砚台能给你用，是我张家的福气。"

"你真傻，收下银子，你就能做当家人了。"

"我不能作弊，我弟弟比我聪明，他才是当家人的最好人选。"

朱熹沉默了许久，他让管家叫来很多书法名家，一起欣赏砚台。大家看到砚台石质坚细，色彩清润，上面雕刻的寿星神采奕奕，仙桃栩栩如生，里面的墨汁遇冷不冻，都大声称奇。

朱熹笑而不语，他写下一行字，大家也都挥笔书豪，写了很多墨宝。李千城也在人群中，他看到朱熹的砚台和他的一模一样，忍不住问："朱大人，你的砚台是在什么地方买的？"

"这是张有善送我的，他家里是做砚台的。"

李千城听了，心里大怒，张有良竟敢骗他。于是，他就悄悄地退了出去，带着几个人，骑着快马，去追张有良了。

再说张有良，他无比得意，没想到自己略施小计，就弄到了这么多银子，于是就急着回家，想做当家人。哪知道刚出了京城，李千城就带人追来了。他把张有良团团围住，喝道："你这个骗子！我已经打听清楚了，在邛州蒲江有很多这种砚台，你卖我的并不是孤品。"

张有良哪里见过这样的阵势，吓得瑟瑟发抖，赶忙把一千两银子拿了出来。

"我李千城不缺银子，我最恨的就是你这种骗子。来人！割掉他的舌头，这样他以后就不能骗人了。"

几个凶神恶煞的壮汉围了过来，张有良吓得瘫倒在地。这时一匹快马飞奔而来，张有善跳下马背，说："你们不能伤害我弟弟，如果他做错了什么，就由我张有善来承担责任。"

"张有良骗了我一千两银子，我要割掉他的舌头！"

李千城说了事情的经过。张有善忙对李千城道歉："这件事情是我弟弟错了。砚台在我们蒲江卖三两银子，就算运到京城，最多也只值二十两。弟弟骗你，是他的错。我愿意代他受罚，请割下我的舌头。"

李千城在朱熹府中时就听朱熹说了，兄弟俩卖砚台，就是为了争做当家人。没想到张有善真有朱熹说的那么傻，竟然还

213

护着弟弟。于是，李千诚就故意吓张有善，拿起刀子，就要去割张有善的舌头。只见张有善闭上眼睛，张开嘴巴，毫不恐惧。可张有良已经吓得闭上眼睛，尿了裤子。

"哈哈，老大在江湖闯荡几十年，还没遇到过像你这样傻的人，今天就饶你们一命。"

李千城跳上马，绝尘而去。张有善把张有良扶起来，兄弟俩一起回到了蒲江。张国寿看到两个儿子回来，十分激动："你们卖了多少银子？"

张有良不说话，把一千两银子交给了父亲。张国寿喜笑颜开。

张有善摸了摸口袋，有点羞涩地说："爹，我的砚台没有卖钱，我把砚台送给朱熹大人了。他请了很多人，写了这么多墨宝，让我带了回来。"

张国寿十分激动，朱熹是京城的大官，还给皇帝讲学，能够得到他的真迹，那真是张家的福分。

张有良有点不服气，打开墨宝一看，惊呆了，除了朱熹，还有陆游、范成大、张孝祥、吴琚、白玉蟾等众多书法名家的墨宝，这些都价值连城。

张国寿喜笑颜开："有善，这个家你来当！有良，你要辅助好你哥哥。"

张有良看了朱熹的墨宝，心服口服。朱熹写的是，心存善良皆无敌，蒲江砚台美名扬。

后来，张有善做了当家人，将张家砚台改名为蒲砚。兄弟齐心，以诚为本，蒲砚声名远播。

心连心

　　夫子河畔有一户人家，爹爹老黑长着满脸络腮胡，靠打渔为生。他有一女，名叫哑妹，虽然不会说话，但聪明过人。哑妹扎着两个小辫，出落得十分水灵。

　　村里有一屠夫，年过四十，满脸麻子，长得奇丑无比，一直没有娶到老婆。他几次来老黑家提亲，想娶哑妹，都被老黑赶走了。

　　屠夫怀恨在心，就趁着老黑晚上出去打渔，闯进小院，想抢哑妹为妻。老黑家养了一条大黄狗，大黄狗看见屠夫就向他冲去，还在他的脚上咬了一口。屠夫忍着痛，把大黄狗按在地上，抽出早就准备好的杀猪刀，刺进了大黄狗的胸膛。大黄狗没了气息，倒在了血泊中。

　　可怜哑妹耳聋，不知道院子里的动静，一直沉睡不醒。屠夫踢开房门，冲了进去，用被子裹住哑妹，把她扛在了肩上。哑妹被惊醒，发出了呜呜的叫声。于是，屠夫扯了一块破布，塞住了她的嘴。

　　再说老黑，他正在夫子河里打渔，突然看到一群黑衣人鬼鬼祟祟地潜入了村庄。老黑激动起来，心想，他们会不会是土匪？哑妹一个人在家，肯定不安全。老黑心急，飞快地划船往家的方向而去。

　　一进院子，老黑就看见大黄狗倒在血泊中，而哑妹的房间里空无一人。老黑哭了："这是哪个天杀的抢了我的女儿？"

　　就在这时，外面传来了脚步声。老黑冲了出去，看到一群黑衣人走了过来。于是，老黑抓起一根木棍，就往其中一个人的后背打去："你们这些天杀的土匪，还我的女儿来。"

　　那个人猝不及防，转过头来说："老黑叔，你不认识我了？我是蔡家大院的雪奇呀，现在改名叫蔡济璜了。"老黑仔细一看："你真是雪奇啊！小的时候你娘经常在我这里买鱼。只是，你好端端的日子不过，怎么搞起黄麻起义，还抢了我的女儿？"

"老黑叔，你是看着我长大的，我绝不会做出这样的事情来。只怕哑妹有危险，我们赶快去找她。"

老黑相信蔡济璜的为人，就赶忙带着他进屋，查看现场。只见大黄狗倒在血泊中，嘴里还咬着一块破布，上面黏着几根猪毛。蔡济璜仔细地查看大黄狗胸前的伤口，发现刀是准确无误地插入心脏的。

"老黑叔，你们村里有屠夫吗？"

"有一个老光棍儿屠夫，一直想娶我女儿，可我没答应。"

"他家在什么地方，你快带我去。"

再说这屠夫，他把哑妹扛回家中后，就想生米煮成熟饭，那样老黑就不敢反对了。哪知道哑妹刚烈，屠夫刚把她放到床上，她就从被子里钻出来，给了屠夫一脚。

屠夫忍着痛，竖起大拇指道："真够味，我喜欢。"说完，他就猛地往哑妹扑去，哑妹无处可藏，被按在了墙壁上。屠夫疯狂地撕扯着哑妹的衣服，哑妹拼命地吐掉嘴里的破布，在屠夫的脸上咬了一口。

屠夫大骂："你这个死丫头，怎么和你家的大黄狗一样爱咬人？我非制服你不可……"

老黑带着蔡济璜跑到屠夫家的小院子里，就听到哑妹绝望的呜咽声。

"这个畜生，真的抢了我女儿。"

外面突然传来一声枪响，屠夫趴在窗口一看，发现院子里站满了人。蔡济璜的枪口还冒着青烟，他说："我是中共麻城书记蔡济璜，你把哑妹放了，我就饶你不死。"

到嘴的美人儿，屠夫怎么也舍不得丢。于是，他拿出杀猪刀架在哑妹的脖子上，说："都说你们'共产'，反正我没老婆，你就让我跟着你们，这哑妹就归我了。"

"我们共产党是为穷苦人民打天下，让穷人翻身做主人的，绝不会让你这种畜生加入我们的革命队伍。你快放了哑妹，我饶你不死！"

屠夫冷哼："我这辈子杀猪无数，不怕死的就过来。"

蔡济璜一脚踢开门，把手枪放在地上，说："有种的就单挑，别拿一个弱女子当挡箭牌。"

屠夫丢开哑妹，挥舞着杀猪刀，往蔡济璜砍来。蔡济璜抓起一个板凳，就往屠夫打去。屠夫力大如牛，砍断了板凳，刀刃划破了蔡济璜的肩膀。蔡济璜鲜血直流。

蔡济璜一脚踢中屠夫的小腹，屠夫倒退几步。此时，屠夫像一只被激怒的狮子，乱舞着杀猪刀扑了过来。蔡济璜侧身躲过，一脚又踢在了屠夫的后背。屠夫摔了一个狗吃屎，手中的杀猪刀在他的脸上留下了一道深深的伤痕。

"书记饶命，我再也不敢强抢民女了！"

"来人，把这个畜生拉出去毙了。"

一声枪响，屠夫就地伏了法，老黑拍手称快。哑妹跪在蔡济璜的脚下，不停地磕头，嘴里还发出呀呀的感激声。蔡济璜一言不发，带着队伍转身离去。

两天后，老黑听说蔡济璜的队伍被困木兰山，苦战了一天一夜，也没有了粮食供给。国军已经断了起义军的后路，他们就想等起义军饿晕后，再进行攻击。

老黑心急如焚，他下河捉了很多鱼，想给起义军送去。哑妹却抢过鱼篓，把鱼放在菜板上，去皮去骨。

老黑气得直哼哼："这些鱼是拿去给你恩人吃的，你到底要干什么？"

哑妹耳聋，听不到老黑的话。她把鱼拍成肉酱，把家里的面粉倒了进去，揉搓成面团，再用擀面杖把面团擀成薄面饼，卷成卷，然后放入蒸笼蒸熟，最后切成细条。

老黑拉着哑妹的手比画着，大吼："你是不是疯了？做这么多鱼面干什么？我们半年都吃不完。"

哑妹笑了，她指着炮火连天的地方，又指了指自己的肚子。老黑明白了，哑妹把鱼做成鱼面，起义军就方便吃了。

老黑和哑妹把热乎乎的鱼面装进布袋，就往木兰山而去。国军的部队封锁了上山的路，连一只苍蝇也飞不进去。老黑和哑妹藏在灌木丛中，脸上挂满了焦虑。

这时有一个国军笑嘻嘻地说："这个山头没水又没粮，我猜他们过不了今天晚上就会缴械投降的。"

"哈哈，你说蔡济璜读了那么多书，怎么就读傻了？竟然加入了起义军……"

哑妹站了起来，把装满鱼面的布袋，塞进了老黑的怀中。老黑拉住哑妹的手比画着，不让她出去。可哑妹指了指胸口，又指了指被包围的山头，毅然决然地走了出去。

国军看到灌木丛里突然走出一个如花似玉的姑娘，都笑嘻嘻地围了过来。有一个国军摸了摸哑妹的脸说："哟！这皮肤真嫩，真想咬一口。"

哑妹不生气，还对这个国军笑了笑。其余的几个国军也来劲了，有的拉着哑妹的手，有的去摸她的腰。

老黑愤怒地站了起来，他想冲出去与他们拼命。可当他看到哑妹的右手坚定地指着山顶时，他顿时明白了。老黑趁着国军正围住哑妹，便悄悄地穿过防线，爬到半山腰，然后在开阔的地方，挂上了自己的白毛巾。

哑妹抬头看到了白毛巾，就想要撤退。可几个国军拉着她不放，有一只臭手甚至伸进了她的衣服里。哑妹趁机抱住他，抽出他腰上的匕首，刺进了他的后背。

国军大乱，一声枪响，哑妹倒在了血泊中。她看着山腰的白毛巾，笑得很灿烂。老黑听到枪响，心仿佛被撕裂了。他爬上一棵大树偷看，只见哑妹的尸体被挂在了树上。

老黑捂住嘴，不让自己的悲鸣发出声。他不顾一切地往山上跑，脑子里都是哑妹那只坚定的手，已如一个坐标，指引着

218

他爬向山顶。

起义军苦战一天一夜，没有粮食和水，已经快支撑不住了。蔡济璜看着战士，仰天长叹："明月照秋霜，今朝还故乡。留得头颅在，雄心誓不降。"

老黑背着鱼面，气喘吁吁地跑来："雪奇，快吃了鱼面，为我的哑妹报仇。"

蔡济璜听说哑妹为了给起义军送粮丢了性命，眼泪滚滚而下："战士们，这是哑妹用鲜血换来的粮食，咱们吃饱以后，一定要为哑妹报仇。"

战士们吃着鱼面，眼泪都在往下落。蔡济璜一声令下，战士们就如猛虎下山，从一个山沟突围了出去。国军怎么也想不通，是什么样的力量，让起义军以一敌十，冲出重围的。

老黑跟着起义军走了，因为他知道，只有这支队伍才能为女儿报仇，才能给天下穷苦百姓带来幸福！

浪荡子与老鹰茶

唐玄宗年间，雅州府有一种茶树，长在只有老鹰才能飞到的高山上，因此叫老鹰茶。这老鹰茶汤色红润，能消暑解渴，美容养颜，是皇后最喜欢的凉茶。

雅州府有一个茶作坊，老板姓赵，名万泉。就是他做出了兰花幽香这道贡茶并把老鹰茶发扬光大的。赵万泉只有一子，名叫赵云腾，长得风流倜傥，却经常吃喝嫖赌。

就在去年春天，赵万泉竟然以三两银子的低价，把价值千金的兰花幽香全部卖给了表弟钱忠。赵云腾想不通，就质问赵万泉："爹，你怎么把我们家的贡茶低价卖给了钱忠？"

"腾儿，我有不得已的苦衷。"

赵云腾继续追问，赵万泉吞吞吐吐地说："我有把柄在钱忠手上。"

说起钱忠，他父母早亡，是赵万泉教他制作老鹰茶，还送给了他一个小茶坊，他才能娶妻生子的。可钱忠恩将仇报，低价买走兰花幽香，拿到了赛茶会的金奖，还把赵家的所有订单抢走了。

赵万泉郁郁寡欢，最后竟然疯了。赵家没有了主心骨，乱成了一团。赵云腾没办法，只能当家。赵云腾大手大脚惯了，没几日就花光了钱，家中因此陷入了绝境，只能靠典当度日。

这时，钱忠竟然找上了门，他假惺惺地递给赵云腾三两银子，说："贤侄，想当初如果不是表哥帮助，我已经饿死街头了。这点银子虽然不多，但能给你救急。"

赵云腾把银子狠狠地砸在地上说："你就是只披着羊皮的狼，是你害了我爹，你给我滚出去。"

"贤侄，你要想走出困境，只能和我合作。我出一百两银子，你把制作兰花幽香的技艺告诉我。"

赵云腾不等钱忠说完，抓起椅子就往钱忠砸去。可钱忠早有防备，转身就跑了。赵云腾知道，现在只有做出兰花幽香，才能重振赵家。

还好赵万泉疯前，把兰花幽香的制作方法告诉了赵云腾。于是，他在春天老鹰茶刚刚发芽的时候，背着大米进山了。

赵云腾翻过一座大山，到了兰草沟，那里有几棵老鹰茶古树，是赵家的祖业，外人不得进入。兰草沟里兰花遍地，老鹰茶发出嫩芽的时候，刚好遇上兰花开放，于是老鹰茶就有了淡淡的兰草香味。此时的枝叶正是制作兰花幽香的上好材料。

制作兰花幽香特别讲究，刚摘下老鹰茶，就要开始制作。因此，赵家在兰草沟里修建了一间小木屋，里面有制作老鹰茶的工具。

只可惜赵云腾钻研的是花街柳巷，制作老鹰茶他就是个外行。虽然赵万泉把制作兰花幽香的心得告诉了他，可赵云腾就是手法笨拙，不是把老鹰茶炒焦了，就是揉碎了，根本做不出兰花幽香来。

老鹰茶的嫩芽很快长成了树叶，不能做兰花幽香了。赵云腾没脸把自己做的老鹰茶背回家，就都装进了一个布袋中。他背来的大米还剩了一升，也懒得背回家了，于是就把大米装进了装老鹰茶的袋子中，这样明年进山就可以少背大米了。

关好小木屋的门后。赵云腾垂头丧气地回了家。没想到钱忠阴魂不散地冒了出来："贤侄，你就是知道兰花幽香的技艺也做不出来，不如我们合作。"

"你别得意，我一定会制作出兰花幽香，把我家的订单抢回来的。"

钱忠讥讽道："就你这浪荡子，只会宽衣解带，就别玷污了兰花幽香的清誉了。"

赵云腾年轻气盛，反击道："兰花幽香有什么了不起的，我能做出比兰花幽香还好的茶。"

"要是你做出了比兰花幽香还好的茶,那我就输一千两银子给你。要是你做不出来,那就把兰花幽香的技术传给我。"

"一千两银子太少了,一万两我才和你赌。"钱忠毫不犹豫地点头答应了。赵云腾说完就后悔了,其实他只是想吓唬钱忠,没想到他竟然答应了。钱忠害怕赵云腾反悔,就刺激他道:"你可是个男人,要说话算话,不然你就从我的裤裆下面钻过去。"

赵云腾血气方刚,他宁愿杀头也不愿受辱,于是就在赌约上签字画押了。按照赌约,赵云腾必须在明年的赛茶会上,做出比兰花幽香还好的茶,这样他才能赢得那一万两银子的赌金。否则,他就要输掉兰花幽香的技艺和兰草沟。

赵云腾闷闷不乐地回到家中,他看到赵万泉穿着破衣的烂衫,蹲在水坑里玩泥巴,衣服都湿透了。见状赵云腾把赵万泉拉了起来:"爹,你快点好起来。我今天一时逞强,签了赌约。我连兰花幽香都做不出来,更别说做比兰花幽香更好的茶了,我该怎么办?"

赵万泉傻傻地笑了,他把一块泥巴塞进嘴里,嚼了起来。赵云腾一边从赵万泉的嘴里掏出泥土,一边掉眼泪。

明知道会输,可赵云腾还是想赌一把。他天天去茶作坊,和伙计们一起做老鹰茶,练习手法。经过半年的练习,赵云腾做的茶叶有模有样了。

春天再次来临,赵云腾又进山了,他打开小木屋,拿出去年装老鹰茶的袋子,发现里面的老鹰茶和大米都不见了,变成了一堆虫屎。赵云腾仔细检查,发现是大米出了蛀虫,蛀虫吃了老鹰茶,拉出了很多虫屎。

赵云腾白天采茶,晚上做茶。虽然老鹰茶再也没有被炒焦,也没有被揉碎,可他做出来的老鹰茶,还是没有兰花幽香好。

又到了下山的时候,赵云腾突然想到了一个恶作剧。不如把虫屎拿回去当好茶,让钱忠品尝。这样也算是一种报复,也对得起自己失去的兰花幽香技艺和兰草沟了。

品茶厅里正在举行一年一度的赛茶会，钱忠得意地坐在品味席上。赵云腾不慌不忙地把细如油菜籽的虫屎放进了红砂杯中，冲上开水后，一股奇异的香味就冒了出来。

钱忠从来没有看到过这样的老鹰茶，他端起红砂杯，仔细查看。只见虫屎迅速化开，茶汤颜色鲜红。钱忠赞不绝口："颜色红亮，形同琥珀。"

钱忠闭上眼睛，闻了闻茶："味道清幽，有淡淡的兰草香味。"

钱忠睁开双眼，慢慢地品了一口茶，就大声叫好："此茶味道醇正，香味浓郁，颜色红亮，真是极品好茶！"赵云腾紧绷着脸，强忍着笑。

品味席上都是达官贵人，他们都要品尝赵云腾的新茶。赵云腾赶忙抓住装虫屎的茶罐说："你们不能尝。"

钱忠拉开赵云腾的手说："这么好的老鹰茶，为什么不让他们尝？"

赵云腾急红了脸，说不出话来。他只能眼睁睁地看着钱忠泡茶，心想这次完蛋了。可奇怪的是每个人喝了虫屎，都竖起了大拇指。赵云腾傻眼了，评审官说："赵公子，你现在可以揭晓这款极品老鹰茶的名字了。"

赵云腾这才回过神来："这茶名叫云里雾里。"

评审官宣布："赵云腾制作的云里雾里，获得赛茶会金奖，进贡皇后。"

赵云腾如做梦一样，很多客商也都围了过来，都要订赵家的老鹰茶。钱忠想从品味席上悄悄溜走，却被赵云腾抓住了："别忘了我们的赌约，你要给我一万两银子。"

"贤侄，我没有一万两银子。"

"我不管，你就是卖儿卖女，也要把这些银子给我，不然我就去县衙告你。"

钱忠赔笑："贤侄，我们去你家，你爹肯定不要这一万两银子。"

"我爹到底有什么把柄抓在你的手上？现在他已经疯了，你还要威胁他！"

"去了你家就知道了。"

不知道是谁把赵云腾得到金奖的消息传回了家。此时，赵家已经张灯结彩，赵万泉穿戴整齐，正满脸喜气地站在门口，迎接前来贺喜的客人。

赵云腾惊喜："爹，你的病好了？"

"我本来就没病，只因为你不思进取，我才把兰花幽香低价卖给了你钱忠表叔。我假装疯了，刺激你进步。没想到你小子争气，才两年时间，就拿到了金奖。"

钱忠哈哈大笑，拱手赔罪："贤侄，多有得罪，这一切都是你爹让我演的戏。"

赵云腾傻眼了。赵万泉高兴地拍着他的肩膀说："腾儿，你是用什么方法制作出云里雾里的？为何比我的兰花幽香更胜一筹？"

"爹，你喝过云里雾里了？"

"对，你在家中留了一罐。我知道你肯定能拿得金奖的。"

赵云腾哭丧着脸，把赵万泉拉进自己的房间，说了虫屎茶的来历。赵万泉赶忙捂住赵云腾的嘴说："从今以后，你不要对任何人说起。因为这制茶的方法太过龌龊，要是被皇后知道了，不但要杀头，还要灭九族的。"

就这样，虫屎茶的制作方法，一直隐瞒到了唐朝灭亡后，赵家后人才说了出来。可就有达官贵人爱这虫屎茶香醇的味道。于是，这独特的制茶方法一直传承至今。